光文社文庫

長編時代小説

隠密道中

闇御庭番（二）

『闇御庭番　天保三方領知替』改題

早見　俊

光　文　社

目次

公儀御庭番《こうぎおにわばん》は、八代将軍徳川吉宗《とくがわよしむね》が創設した将軍直属の情報機関。表向きは城中の清掃、警固などを役目としたが、実態は諸大名の動向や市中探索などの諜報《ちょうほう》活動をおこなう。

十二代将軍家慶《いえよし》は、十一代家斉《いえなり》と側室お楽《らく》の方との間に、家斉の次男として生まれた。

寺社奉行、大坂城代、京都所司代《しょしだい》、西ノ丸老中《にしのまるろうじゅう》を歴任して老中首座《しゅざ》に登り詰めた水野《みずの》忠邦《ただくに》（越前守《えちぜんのかみ》、浜松《はままつ》藩主）を中心に、家斉の死後、「天保《てんぽう》の改革」を断行する。

水野の懐刀《ふところがたな》として、改革に反する者を取り締まったのは鳥居耀蔵《とりいようぞう》（甲斐守《かいのかみ》）。儒者《じゅしゃ》林述斎《はやしじゅつさい》の三男として生まれ、旗本《はたもと》鳥居一学《いちがく》の養子となった。目付《めつけ》をへて南町奉行に就任。厳しい取り締まりのため、「妖怪《ようかい》（耀甲斐）」と恐れられた。

「三方領知替《さんぽうりようちがえ》」

幕府による国替えの一つで、三人の大名を玉突き式に移す形態。天保期には出羽《でわ》庄内《しようない》藩、越後長岡《えちごながおか》藩、武蔵川越《むさしかわごえ》藩を対象に命じられた。

北
東
南
西
鐘ヶ淵
大橋
隅田村
千住道
三河島
田端
日暮里
小塚原
駒込
谷中
日本堤
隅田川
寺島村
金杉上町
新吉原
千駄木
白山
下谷
今戸町
山谷堀
鷲神社
聖天町
今戸橋
小梅村
東叡山寛永寺
奥山
御薬園
根津権現
本郷
中堂
卍幡随院
広徳寺
阿部川町
東本願寺
浅草寺
浅草花川戸町
小石川
伝通院
不忍池
新堀川
吾妻橋
田原町
竹町ノ渡し
三間町
菊坂町
池之端仲町
下谷広小路
御徒町
並木町
駒形堂
春日町
蔵前
水戸徳川家
湯島天神
牛込
森田町
御米蔵
神田川
神田明神
外神田
神楽坂
牛込御門
小石川御門
水道橋
筋違御門
練塀小路
天王町
百本杭
浅草橋
柳橋
御竹蔵
本所
昌平橋
多町
和泉橋
柳原土手
番町
両国広小路
藤代町
田安御門
俎板橋
雉子橋御門
一ツ橋御門
市谷
内神田
馬喰町
両国橋
回向院
今川橋
相生町
竪川
市谷御門
清水御門
神田橋御門
三河町
薬研堀
小伝馬町
一ツ目之橋
二ツ目之橋
三ツ目之橋
大伝馬町
本銀町
日本橋
新大橋
常盤橋御門
北町奉行所
小名木川
麹町
室町
万年橋
江戸城
江戸橋
霊巌寺
深川
半蔵御門
呉服橋御門
日本橋
南茅場町
仙台堀
西之御丸
南町奉行所
八丁堀
組屋敷
永代橋
鍛冶橋御門
京橋
霊岸島
小松町
富岡八幡宮
永田町
桜田御門
永代寺
赤坂御門
西本願寺
石川島
越中島調練場
数寄屋橋御門
山王日枝神社
新橋
築地
佃島
溜池
幸橋御門
汐留橋

江戸幕府と町奉行所の組織（江戸後期）

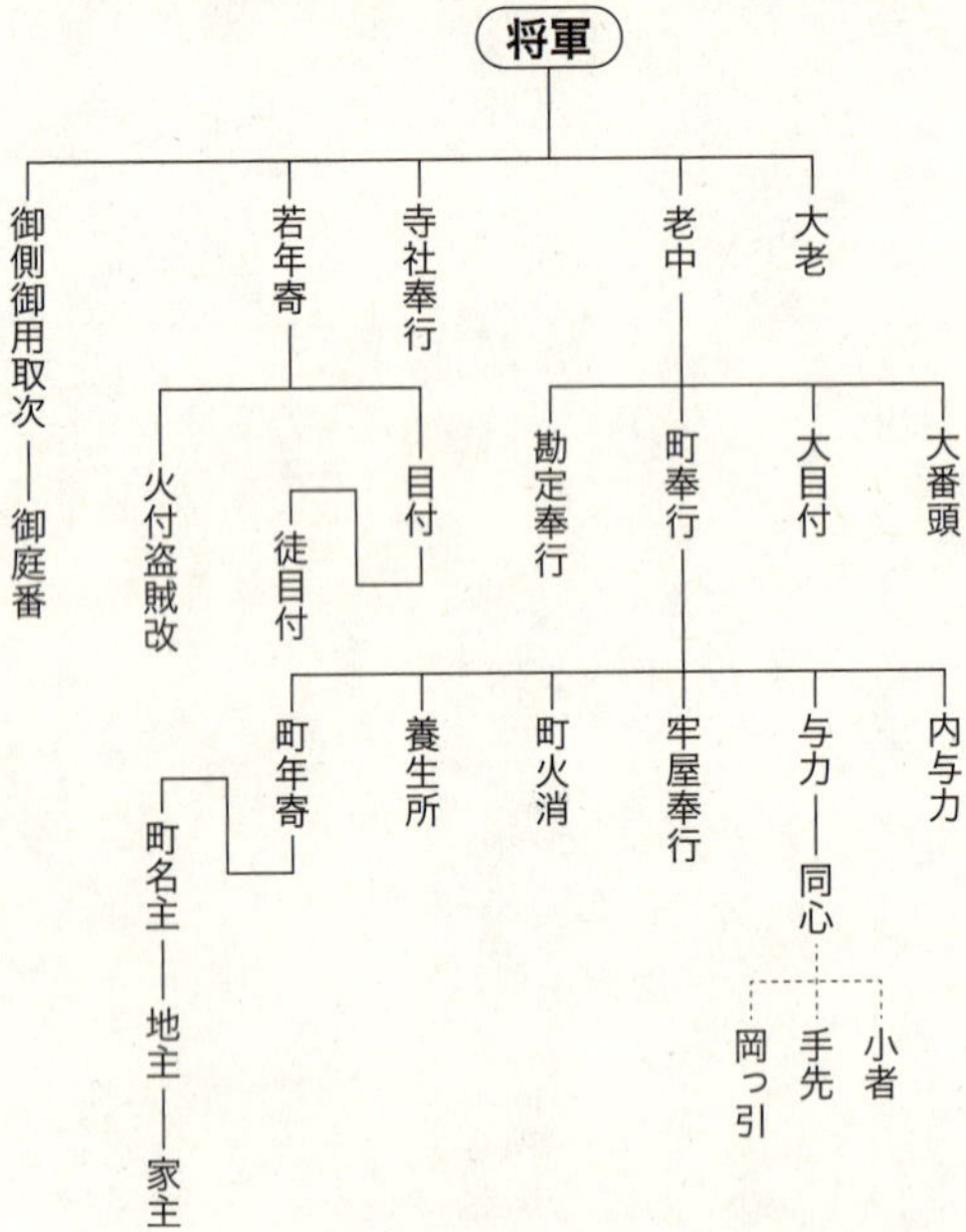

＊本図は江戸後期の幕府と町奉行所のおおまかな組織図。
＊幕府の支配体制は老中（政務担当）と若年寄（幕臣担当）の二系統からなる。最高職である老中は譜代大名三〜五名による月番制で、老中首座がこれを統括した。
＊町奉行は南北二つの奉行所による月番制で、江戸府内の武家・寺社を除く町方の行政・司法・警察をつかさどった。
＊小者、手先、岡っ引は役人には属さず、同心とは私的な従属関係にあった。

主な登場人物

菅沼外記（青山重蔵）……十二代将軍家慶に仕える「闇御庭番」。
お勢……………………辰巳芸者と外記の間に生まれた娘。常磐津の師匠。
村山庵斎………………俳諧師。外記配下の御庭番にして、信頼される右腕。
真中正助………………相州浪人。居合師範代で、お勢の婿候補。
小峰春風………………絵師。写実を得意とする。
義助……………………棒手振りの魚屋。錠前破りの名人。
一八……………………年齢不詳の幇間。
藤岡伝十郎……………鳥居耀蔵の用人。
川村新六………………公儀御庭番。
村垣与三郎……………公儀御庭番。
新見正路………………御側御用取次。
お喜多…………………鳥居耀蔵の愛妾。

第一話　妖怪《ようかい》の逆襲

一

天保《てんぽう》十二年（一八四二）五月二十八日の朝。

両国橋《りょうごくばし》に三人の男と一匹の犬の姿がある。

元公儀御庭番菅沼外記《こうぎおにわばんすがぬまげき》とその配下で俳諧師《はいかいし》の村山庵斎《むらやまあんさい》、それに将軍徳川家慶《とくがわいえよし》。犬は、ばつという名の小さな黒犬だった。

家慶は、深編《あ》み笠《がさ》をかぶり、地味な黒地の小袖《こそで》に草色の袴《はかま》という中級旗本《はたもと》の外出姿をよそおっている。

外記は、宗匠頭巾《そうしょうずきん》をかぶり、薄茶の小袖、袴、それに空色の夏羽織《なつばおり》といった大店《おおだな》の隠居《いんきょ》といった風である。宗匠頭巾から覗《のぞ》く髪は白髪のかつら、口とあごにも白髪のつけ髭《ひげ》をほどこしていた。

庵斎だけは素の姿である。白地の着物を着流し、薄茶の十徳《じっとく》という外衣、白髪まじりの髪を総髪《そうはつ》に結《ゆ》い、口とあごに自前の真っ白な髭をたくわえていた。

三人は、両国橋の両端、西広小路《にしひろこうじ》と東《ひがし》広小路に蟻《あり》のように群がる人々を眺《なが》めている。

「外記よ、鳥居《とりい》に灸《きゅう》を据《す》えたのう」

家慶は人々に視線を向けたまま言った。

外記は家慶に向き、一礼した。

彼らは、橋のたもとに晒《さら》された公儀目付《めつけ》鳥居耀蔵《ようぞう》の髷《まげ》と、髷を切られた似顔絵を見物していた最中にばら撒《ま》かれた、小判に群がっているのだ。

老中《ろうじゅう》水野《みずの》越前守忠邦《えちぜんのかみただくに》がはじめた「天保の改革」により、贅沢《ぜいたく》、華美《かび》は敵視され、江戸有数の繁華街である両国橋の東広小路、西広小路は、茶店、見世物小屋、床店《とこみせ》が撤去され、本来の火除《ひよ》け地に戻されていた。

川開きのこの日、例年であれば、花火が打ち上げられ、川舟をくり出して、夏を楽しむ庶民《しょみん》で引きも切らないありさまであるが、この年は奢侈《しゃし》禁止令が出されるという噂《うわさ》で、すでにさまざまな取り締まりがはじまっている。

「床店などが無くなり、味も素っ気もなくなっていた火除け地が久々に活気づきましてございます」

庵斎は目を細めあごの髭を指でなでた。

改革にさからう者はいないかと、水野の懐刀《ふところがたな》として江戸市中の取り締まりをおこなっている目付鳥居耀蔵の髷と、髷を切られた似顔絵が晒されたことにより、庶民は狂喜した。そこに、小判のばら撒きである。

鳥居の髷切りも小判のばら撒きも、外記とその配下の仕業《しわざ》だった。

将軍家慶は外記に連れられ、お忍びで江戸市中を探索するうち、庶民が改革により、苦しめられているありさまを目の当《ま》たりにした。

改革は必要である。傾いた幕府財政を立て直さねば、安寧《あんねい》な世は築けない。が、行きすぎは民を苦しめるばかりだ。

そこで、家慶は庶民のささやかな不満解消を兼ね、水野や鳥居に灸を据えることを外記に命じたのだ。

「外記よ、ちと心配なことがある」

家慶は深編み笠をわずかに上げた。

外記は無言でうなずく。

「越前が三方領《さんぽうりょう》知替《ちがえ》の実施を上申《じょうしん》してきた」

越前とは、老中水野越前守忠邦のことである。

三方領知替とは出羽《でわ》庄内藩《しょうないはん》酒井《さかい》忠器《ただかた》、越後《えちご》長岡《ながおか》藩牧野《まきの》忠雅《ただまさ》、武蔵《むさし》川越《かわごえ》藩松平《まつだいら》斉典《なりつね》のあいだで領知替（国替え）をおこなうというものである。すなわち、酒井家を長岡へ、牧野家を川越へ、松平家を庄内へ転封《てんぽう》させる。

この計画はもともと、川越藩主松平斉典の懇願《こんがん》からはじまった。斉典は、嫡子《ちゃくし》典栄《つねひで》を廃嫡《はいちゃく》までして、第十一代将軍で大御所《おおごしょ》となった徳川家斉《いえなり》の二十五男斉省《なりさだ》を養子に迎えた。

それには、逼迫《ひっぱく》した藩財政事情が背景にあった。川越藩は、元来領内の土地が痩《や》せ、米や作物が実りにくかった。そのうえ、文政《ぶんせい》三年（一八二〇）以降、幕府から相模《さがみ》湾防備の夫役《ぶやく》を負担させられた。これに、天保の飢饉《ききん》という未曽有《みぞう》の大飢饉が追い討ちをかけ、四十三万両におよぶ借財を背負ったのである。

松平斉典は傾いた藩財政を立て直すには、肥沃《ひよく》な領地への転封以外にないと考えた。そこで、豊かな米どころを領内にもつ庄内への転封を、斉省の母お以登《いと》の方《かた》を通じて家斉に願い出たのだ。

家斉は側室お以登の方の願いを聞き入れ、水野に領知替を検討するよう命じた。

水野は庄内藩、川越藩という二つの藩の領知替では、世上《せじょう》に川越藩への贔屓《ひいき》が露骨《ろこつ》に過ぎる印象を与えると考え、長岡藩も加えた三方領知替を計画した。

ところが、三方領知替を実施すると、酒井家は領知十四万石が七万石に半減してしまうことになる。このため、世論は庄内藩に同情的だった。

また、庄内藩の領民は酒井家の善政を慕《した》い、新領主松平家の苛烈《かれつ》な年貢徴収《ちょうしゅう》を恐れ、領知替反対で一致団結し、前年の暮れからこの四月にかけて、たびたび嘆願書《たんがんしょ》をたずさえ江戸に上ってきた。

庄内藩への同情、領民の嘆願運動に加え、家斉、斉省が死去したことをきっかけに、家慶は三方領知替中止を考えている。

「越前は公儀御庭番を庄内領に派遣するよう求めてきた。越前のねらいはわかる。自分も配下の者を隠密《おんみつ》として派遣し、領内でわざと騒動を起こして御庭番の目に入れようという肚《はら》じゃ」

「水野さまは、庄内領不穏、という報告を御庭番に持ち帰らせ、酒井さまのご失政を転封の口実になさるのですね」

「そうじゃ。酒井にとっては領知半減となるこたびの転封、それ相応の落ち度がなくては、天下に示しがつかん。越前は酒井の酒田湊《さかたみなと》の管理に不行き届きがあったと理由をあげておるが、とりたてて不祥事など起こしておらんことは天下周知の事実じゃ。酒井に同情の声があがっているのも、なんの落ち度もなく領知半減されることの理不尽さゆえ」

「巷《ちまた》でも水野さまのごり押し、と評判が立っております」

「越前としては、庄内領で一揆《いっき》でも起これば、またとない口実となる」

家慶は唇《くちびる》を固く結ぶと、外記に鋭い視線を向けた。外記の目に緊張の色が浮かぶ。

「外記、御庭番といっしょに庄内領へおもむき、越前の隠密の動きを見張れ。そして、隠密が不穏な動きをいたせば、かまわん、排除せよ」


公儀御庭番は、八代将軍吉宗《よしむね》によって創設された。

御庭番の役目は、表向きは江戸城中の警固だ。ふだんは天守台《てんしゅだい》近くの庭の番所に詰め、火のまわりや不審な人間の出入りに目を光らせた。

ところが、真の役目は、将軍のための諜報《ちょうほう》活動である。

活動は、江戸《えど》向《むこう》地廻《じまわ》り御用と呼ばれる江戸市中を探索するものと、遠国《おんごく》御用といって諸大名の国元を探索するものに分かれておこなう。

ただし、諜報活動は単に探索だけで完了するものではない。

忍び御用。

幕府の記録には一切載っていない御用、それが忍び御用である。必要に応じて、暗殺、攪乱《かくらん》といった探索を超えた破壊活動をおこなう。御庭番の中でも、とくに忍び御用を専門に担《にな》う者たちがいた。

彼らは吉宗が保護していた甲賀《こうが》忍者の末裔《まつえい》である。代々の家筋《いえすじ》には秘伝の術があり、彼らはその術によって忍び御用をなし遂げていく。

菅沼外記は、この忍び御用を役目とする公儀御庭番であった。

この三月、外記は忍び御用を遂行《すいこう》した。水野の意向を汲《く》んだ家慶の命を受け、元御小納《おこなん》戸《ど》頭取《とうどり》中《なか》野《の》石翁《せきおう》の失脚工作をおこなったのだ。

石翁は養女お美代《みよ》の方を大奥に送り込み、大御所家斉の側室とした。お美代の方は家斉の寵愛《ちようあい》を受け、石翁はそれによって隠然《いんぜん》たる権勢を誇り、大きな既得権益の上に胡坐《あぐら》をかいていた。水野や家慶が断行しようとする改革にとっては、最大の障害となっていたのだ。

外記の工作によって、石翁は排除された。すると、水野は懐刀である鳥居の献言《けんげん》を受け入れ、口封じのため外記の抹殺《まっさつ》をはかった。

外記はからくも暗殺の危機を逃れた。そして、自分が死んだものと水野、鳥居に思わせ、配下の者たち「菅沼組」を糾合《きゆうごう》し、「世直し番」と称する組織を結成した。

その後、家慶から世のために尽くす御庭番、すなわち「闇御庭番」として菅沼組はよみがえり、水野、鳥居の行きすぎた政策に灸を据える役割を担うことになったのである。

二

外記と庵斎、それにばつは家慶を江戸城まで護送した帰り、上野池之端仲町《うえのいけのはたなかちょう》の鰻《うなぎ》屋芝鐘《しばしょう》に入った。女中に涼しいところを頼む、と小粒銀を渡し、二階の座敷に案内された。

二階には、外記と庵斎以外に客はない。

二人は、小机をはさんで向き合った。ばつは店の裏庭で遊ばせている。

なるほど、不忍池《しのばずのいけ》を見下ろせる風通しのよい部屋である。軒下《のきした》にさげられた風鈴が揺れ、日差しを簾《すだれ》がさえぎり、やさしい影を落としている。

「上さまが申されたように、水野は独自に隠密を放つだろう」

外記は庵斎に言った。

庵斎もうなずく。

「庄内領で、なにごとか騒動を引き起こすにちがいない」

「一揆ですか」

「一揆か打ちこわしか、とにかく、酒井さまご失政の手土産《みやげ》を御庭番が持ち帰るよう、工作するであろう」

外記が言ったとき、鰻重と茄子《なす》の漬物、吸い物が運ばれてきた。

「お頭《かしら》」

庵斎は自分の鰻重を半分、箸《はし》でふたに取り分け、外記に差し出す。

「おお、すまんな」

外記は目を細めた。

外記は五尺（約百五十センチ）に満たない小柄な体軀《たいく》、しかも四十九歳という年齢でありながら、健啖《けんたん》ぶりは目を見張るものがある。

それに比べ、庵斎のほうはひょろりとした長身で鶴のように痩せ、食欲も見た目どおりに年々細っていく。歳は、外記より五つ上の五十四歳だった。

外記は鰻重に山椒《さんしょう》をたっぷり振りかけ、話を中断しうまそうにかき込んだ。

庵斎は、見ているだけで満腹になるような気分だ。蒲焼《かばやき》を半分ほど食べ、飯を二口かき込んだところで、重箱を持てあますように小机に置く。

「水野の隠密を釣り上げねばならんな。釣り出すには、えさが入り用じゃ」

外記は早々に鰻重を平らげた。次いで、茶を飲んでいる庵斎を一瞥《いちべつ》し、庵斎が持てあました鰻重を取ると、かき込みはじめる。庵斎は、なかば感心、なかば呆《あき》れる思いで外記を見ていたが、ふと茄子の漬物に目をとめた。そして、

「めづらしや山をいで羽の初茄子《はつなすび》」

と、つぶやく。

「なかなか、よい句ではないか」

外記は口を飯でいっぱいにしながら、顔を上げた。

「残念ながら、わたしの句ではござらん」

庵斎は口元に笑みを浮かべると、茄子の漬物を一切れ頬張《ほおば》る。

「芭蕉翁《ばしようおう》の句でござる」

松尾《まつお》芭蕉が出羽国庄内藩の城下鶴岡《つるおか》に逗留《とうりゆう》した際、名産の民田《みんでん》茄子を詠《よ》んだ句である。

芭蕉が「めづらしや」と感嘆したように、江戸では見かけない、一口で食べられるほどに小さな丸い形をした茄子だ。

「『おくのほそ道』をえさに使っては……」

庵斎は芭蕉の句を口ずさんだことで、『おくのほそ道』を思い浮かべた。

「『おくのほそ道』のう」

外記は饅重を食べ終え、茶を一口含む。

庵斎は考えを述べた。外記は庵斎の話を無言で聞き終わると、

「おもしろい。強欲な水野のことだ。必ず、そのえさに食いついてくるだろう」

と、庵斎の考えを承認し、「がははははっ」と愉快げに笑った。

「芭蕉翁を慕う、旅となりましょうな」

外記と庵斎は、窓から不忍池を見渡した。

蟬《せみ》の鳴き声が耳につく。

「閑《しづか》さや岩にしみ入《い》る蟬の声、か」

外記は上機嫌で、『おくのほそ道』の有名な句をそらんじた。

外記と庵斎はしばし役目を忘れ、庄内への旅情に思いをはせる。

が、この旅が芭蕉を慕うなどとはかけ離れた、壮絶《そうぜつ》な旅路になることまでは想像もできなかった。


鰻屋芝鐘を出て、外記は庵斎と別れた。

橋場《はしば》鏡《かがみ》ケ《が》池《いけ》のほとりにある自宅に戻ろうと、途中、不忍池のほとりを散策した。横にばつが従う。

改革以前は、葦簀《よしず》張りの茶店や水茶屋《みずぢゃや》、出合い茶屋が池に面して軒を競っていたが、いまは、茶店がちらほら見かけられるにすぎない。そのため、池を眺めるには好都合で、外記は池に浮かぶ蓮《はす》の葉を眺め、

「どれ、句の練習でもするか」

と、切り株に腰を降ろした。

青空に、真っ白な入道雲が横たわっている。

木々の燃え立つような香が、蟬時雨《しぐれ》とともに降り注いでくる。

さわやかな風が池の面《おもて》をなで白金色のさざ波が立ち、強い日差しを受けた照り返しが目に沁《し》みる。

外記と庵斎は、庄内へ芭蕉を偲《しの》ぶ旅と称して出かけることを決めた。俳諧師村山庵斎とその弟子の大店の隠居という設定である。弟子なら句の一つや二つ、ひねる必要はある。

外記は矢立てと懐紙を取り出し、ばつの背中を叩《たた》いた。ばつは、店がない広々としたほとりを、うれしそうに走り回る。

「う〜ん、こうしてみると、なかなか、浮かばんな」

外記は宗匠頭巾の上から筆の尻で頭をかいた。

ざわめきが聞こえた。視線を向けると浪人が数人群がっている。

浪人たちの前には、荷車を連ねた旅装束《しょうぞく》の集団がいた。どうやら、浪人たちは集団に言いがかりをつけているようだ。

野次馬が遠巻きに様子をうかがっている。

外記は立ち上がると、集団のほうに向かった。ばつは松の木陰で寝そべる。

「その娘が、わしのことを馬鹿にしたような顔で見たのだ」

浪人の一人が怒鳴った。目を血走らせ、髭におおわれた顔をさかんに動かしている。

「そのようなことはございません。この娘は、ただ微笑《ほほえ》みかけただけでございます」

中年の男が娘をかばい、ていねいな口調で頭を下げた。

「それが馬鹿にしたと申すのじゃ」

浪人は声をさらに大きくする。

「そのようなことはございません。どうぞ、ご勘弁ください」

男は浪人の前に両手をついた。

「ようし、勘弁してやる」

浪人はニヤニヤしながら仲間を見回す。仲間もニヤついている。男は、

「ありがとうございます」

と、顔を上げた。すると、

「勘弁してやるから、ちと、相手せよ」

浪人は娘の手をつかむ。娘は小さく、「ご勘弁を」と言ったが、抗《あらが》うことができず、引きずられていく。

三

「お待ちください」

男は浪人に追いすがった。

「うるさい！」

浪人は娘の手を離し、男に平手打ちを食らわせた。浪人たちは哄笑《こうしょう》をあげる。

外記は浪人の背に立つ。

娘が外記の姿を目にとめ、微笑みを向けてきた。凶暴な浪人を前にしても臆《おく》することのない、可憐《かれん》な笑顔である。

外記が思わず見とれ、動きを止めたほどだ。

浪人が振り返る。

「なんじゃ、どけ」

浪人は唾《つば》を吐き捨てた。

「その娘を離しなされ」

外記は静かに言う。

「なんだと、この、爺《じじい》が」

浪人は肩をいからせた。仲間が娘を抱き寄せる。

「おわかりいただけぬか。娘を離せと申しておる」

外記の落ち着いた物言いに、浪人は怒りを爆発させた。

「この、爺が！　どけ！」

浪人は外記を威嚇《いかく》しようと刀の柄《つか》に手をかける。

外記は左手を腰に添えると身を落とし、右手を前方に突き出し掌を開いた。次いで、ゆっくりと鼻から息を吸い、口から吐くことを繰り返す。全身に血が駆け巡って頬が火照《ほて》り、丹田《たんでん》に気が溜まる。

浪人が怪訝《けげん》な顔で立っていたが、

「ええい、どかぬか」

と、刀を抜き放った。

外記は右手を引っ込め、

「でやあ！」

鋭い気合《きあい》を発すると、再び右手を前方に突き出した。

陽炎《かげろう》が立ち上り、浪人と仲間、そして娘が揺らめいたと思うと、

「ああ！」

相撲取りの突っ張りを食らったように浪人と仲間が後方に吹き飛んだ。

浪人と仲間は口を開けたまま、地べたに仰向けに横たわった。

菅沼家伝来の「気送術」である。丹田に溜めた精気を一気に送り出し、眼前の相手を吹き飛ばす。

ほかの仲間たちは、なにが起きたのかわからず、しばらくおろおろとしていたが、

「狼藉者《ろうぜきもの》！」

騒ぎを聞きつけた町方《まちかた》の役人が近づいてきたため、算《さん》を乱して逃げていく。

そのとき、外記の隙《すき》をついて娘に斬りかかろうとした浪人がいた。

外記は一瞬、肝《きも》を冷やしたが、娘が笑顔を向けると、不思議にも浪人は動きを止め、思い直したようにその場を去った。

先ほど平手打ちを食らった男が、浪人に言いがかりをつけられたことを説明すると、役人は地べたに倒れた浪人二人を番所へ連れていった。

「あやういところを、ありがとうございました」

男が外記に頭を下げると、娘とほかの者たちも口々に礼を述べ立てる。

男たちは菊田助三郎《きくたすけさぶろう》一座という旅芸人だという。

「わたくしは座長の菊田助三郎、この娘は一座の花形で小雪《こゆき》と申します」

助三郎が言うと、小雪はぺこりと頭を下げた。

なるほど、助三郎は目鼻立ちがととのった、なかなかの男前である。歳は三十路《みそじ》にさしかかったところか。小雪のほうは、名は体を表す、の言葉どおり雪のような白い肌《はだ》をした、歳のころ十七、八といったところか。無垢《むく》な瞳をした乙女だった。

「いやいや、わしはなにもしておらん。どうか、この娘さんを助けてください、と、両手を合わせただけですよ」

外記は池に浮かぶ弁財天《べんざいてん》を指差した。

「弁天さまが小雪さんをお守りになって、浪人どもを懲《こ》らしめたのでしょう。がははは っ」

外記が笑い終えるのを待ち、

「失礼ですが、お名前を」

助三郎はおずおずと切り出した。

「小間物問屋相州屋《そうしゅうや》の隠居で重吉《じゅうきち》と申します」

外記はにこやかに返す。助三郎は外記に礼をしたいと申し出たが、外記はやんわりと断った。

「礼代わりに、わたくしどもの芝居《しばい》をごらんに入れたいのですが、あいにくと……」

助三郎は奢侈禁止の取り締まりにより、江戸で芝居興行が打てなくなったことを話し、

「さいわい、庄内は酒田湊のさるお大尽《だいじん》にお声をかけていただきまして、来月に」

と、頭を下げた。

「ほう、庄内へ」

外記は顔をほころばせ、自分も来月、俳諧の師匠《ししょう》とともに芭蕉を偲ぶ旅で庄内へ行くことを語った。

「さようですか。これもなにかのご縁です。ぜひとも酒田まで足を延ばしていただき、わたくしどもの芝居をご見物ください」

助三郎は小雪を見る。

「弁天さまのお引き合わせですね」

と、小雪はニッコリ微笑んだ。

外記と助三郎一座は酒田での再会を約し、別れた。

——わしの術もおとろえたか。

外記は弁財天を眺めながら、思った。

さっき気送術を使ったとき、近くにいた小雪の身をあやぶんだ。ところが、浪人だけが

吹き飛び、小雪はなぜか微動だにしなかった。小雪が無事だったことはよかったが、術の威力が落ちたのだと、少なからぬ衝撃《しょうげき》を受けた。

——早く、真中《まなか》に伝授せんと。

真中とは、外記配下菅沼組の浪人真中正助《しょうすけ》である。外記は一人娘のお勢《せい》の婿《むこ》にと見込んでいる。

いつのまにか、ばつが外記の足元でうずくまっていた。

そのころ、鳥居耀蔵は愛妾《あいしょう》お喜多《きた》の家から下谷練塀小路《したやねりべいこうじ》にある屋敷に戻っていた。「世直し番」を称する外記と配下の者たちは、贅沢華美を厳しく取り締まり庶民を苦しめる水野の懐刀鳥居に灸を据えようと、お喜多の家に逗留していた鳥居の髷を切り、似顔絵を描いて両国橋のたもとに晒したのだった。

鳥居はざんぎりとなった髪をふり乱し、玄関で一言、

「木村《きむら》を呼べ」

と、不機嫌に言い放って書斎に入る。

江戸城には病欠の使いを立てた。

木村とは、徒目付《かちめつけ》木村房之助《ふさのすけ》のことである。木村は昨晩、鳥居の髷を盗むと大胆《だいたん》不敵に

予告した、「世直し番」を名乗る賊徒《ぞくと》の捕縛《ほばく》に向かった。そして、お喜多の屋敷に捕縛成功を知らせる書付《かきつけ》を寄越したのだ。

それが、このざまである。

厳しく責任を追及せずにはおかん。

「失礼いたします」

襖《ふすま》越しに男の声がした。木村ではなく用人藤岡伝十郎《ようにんふじおかでんじゅうろう》である。

藤岡は、幕府の官学をつかさどる公儀大学頭林述斎《だいがくのかみはやしじゅっさい》の三男として生まれた鳥居が文政三年（一八二〇）二十五歳で鳥居家に養子入りした際、林家から供侍《ともざむらい》として派遣された。以来、二十年以上にわたって鳥居の側《そば》近く仕えている。

このため、藤岡は鳥居の足音を聞いただけで、上機嫌か不機嫌か即座に判断できた。また、機嫌によってどのような態度で接すればよいかも身につけている。歳は、鳥居より四歳上、ちょうど五十歳だった。

「入れ」

鳥居は不機嫌な声を発すると、文机《ふづくえ》に向かう。

藤岡は鳥居の前で両手をついた。

「木村はいかがしたのじゃ」

鳥居は振り返りもせず、書き物をしながら聞いた。

「亡くなりました」

藤岡は低いがはっきりした声で伝える。

「なんじゃと」

さすがに鳥居は藤岡に向き直った。藤岡は鳥居の変わり果てた頭を見まいと、うつむき加減で話をつづける。

「南町の同心《どうしん》から知らせが届きました。いまのところ、詳細はわかりませんが、自害のようでございます」

同心から届いたと、藤岡は一通の書付を手渡した。

鳥居はすばやく視線を走らせる。

賊の捕縛に失敗し、その責任をとり自害するとあった。字を見れば、木村が書いたものにちがいない。遺書ということだ。

「これはどうしたことじゃ」

鳥居はしばらく視線を宙に泳がせた。

——わしには賊徒捕縛に成功したと知らせておきながら、遺書を残し自害するとは。

「そのほう、詳細を調べてまいれ」

鳥居は、強い口調で命ずる。もともと額《ひたい》が突き出たおでこ面であるが、髷をなくしたいまでは、よりいっそうおでこが目立つ。

「承知いたしました」

目つきと口調からして、怒りだけでなく、次々とわきあがる疑念が鳥居の脳裏《のうり》をかきむしっているのがわかる。

こうした場合、あれこれと指図を請《こ》うのではなく、まず動くことだ。鳥居の目の届かないところに行くに限る。

藤岡は深く頭《こうべ》を垂れ、急ぎ足で廊下を下がった。

鳥居はおでこににじんだ汗を懐紙で拭《ぬぐ》うと、

「なにが世直し番じゃ！」

と、袴の膝《ひざ》を握りしめた。

四

外記は、自宅に帰る前にお勢の家を訪ねた。

お勢は、辰巳《たつみ》芸者と外記のあいだにできた娘である。

外記は、妻帯をしていない。芸者をしていたお勢の母は、外記の愛妾として深川の町地で生涯を過ごした。お勢が十歳のころ、流行り病《はやりやまい》で母を亡くすと、外記に引き取られた。お勢は母に三味線《しゃみせん》や芸事を習い、いまでは常磐津《ときわず》の師匠として根津権現《ねづごんげん》の近くに住んでいる。

公儀御庭番をつとめていた外記の表の顔は、青山重蔵《あおやまじゅうぞう》という御家人《ごけにん》だった。お勢の住まいはその青山重蔵の屋敷で、小体《こてい》な武家屋敷が立ち並ぶ一角にある。重蔵は先月、不慮の事故で死んだことになっている。

外記が木戸門をくぐると、ばつはせまい庭を駆け抜け、母屋《おもや》の軒下に潜り込《もぐりこ》んだ。ここが、ばつのねぐらだった。

木戸門の左手には、板塀にそって瓦葺《かわらぶ》きの長屋が建っている。長屋からは、三味線の音色やお勢の艶《つや》のある唄声《うたごえ》がする。

板壁にもうけられた窓は、風を呼び込むために開け放たれていた。窓越しに何人かの門《もん》弟《てい》の姿が見える。

外記は母屋の縁側に腰を降ろし、せまい庭を眺めやった。

父親を亡くしたことで男手が足りないだろうと、男の門弟たちが中心となって、お勢が頼みもしないのに庭や長屋、母屋の掃除をしてくれる。おかげで、庭は植木の手入れが行

い光を放っていた。

木戸門から母屋の玄関に連なる石畳《いしだたみ》もきれいに掃き清められ、日差しを受けてまぶしい光を放っていた。

小さな池には、お節介な門弟が、どこからか立派な鯉《こい》を調達してきて放ってある。日の照り返しで白金色にきらめいた池を、鯉は窮屈《きゅうくつ》そうに泳いでいた。

「では、また」

長屋の玄関で人声がしたと思うと、門弟たちがぞろぞろと出てきた。商家の隠居が三人、侍が二人、大工の棟梁《とうりょう》、鳶《とび》の頭と男ばかりだ。

もっと大勢の門弟がいるのだが、奢侈禁止のご時世をはばかり、足が遠のいている。稽《けい》古《こ》も、以前のように派手に三味線を鳴らし、喉《のど》を張り上げるわけにもいかず、こぢんまりと、時間も短めだ。

それも、いつまで続けられるか。

門弟たちは外記の姿を目にとめたが、誰もかつての屋敷の主《あるじ》青山重蔵とは気がつかない。外記の変装がたくみであることに加え、先月重蔵の葬儀《そうぎ》をおこなったのであるから、気がつかないのは当然といえた。

外記は長屋の窓から稽古場を覗き込んだ。

稽古場は襖が取り払われ、がらんとした二十畳《じょう》の座敷になっている。床の間には掛け軸と青磁《せいじ》の香炉《こうろ》が飾られ、違い棚がもうけられていた。

稽古場には娘が一人残り、お勢の指導を受けている。

邪魔になると、外記は窓から離れた。すると、

「おや、ち……」

お勢はあやうく「父上」と声をかけようとして、あわてて口をつぐみ、

「ご隠居さん」

と、ほがらかに言った。

「ありがとうございました」

と、娘は頭を下げ、外記にも会釈《えしゃく》して立ち上がる。

「お久《ひさ》ちゃん、またね」

お勢は、お久を見送りに玄関まで出てきた。

「門前町《もんぜんちょう》の備前屋《びぜんや》さんの娘さんだよ。稽古熱心な娘《こ》でね」

お勢はお久の姿が見えなくなると、外記のそばまで歩み寄る。

「備前屋、ああ、紙問屋か」

外記はさして関心も示さず、母屋の玄関の格子戸《こうしど》を開ける。

「うまくいったわね。気分爽快《そうかい》よ」

お勢は、鳥居の髷盗《と》りの一件を自賛し、玄関の右手にある勝手口から台所に入った。

「わしが住んでいたころよりも、屋敷がきれいじゃな」

式台《しきだい》に腰を降ろした。

「門弟のみんながあれこれと、親切に手伝ってくれるのよ」

お勢は盥《たらい》に水を汲んできて、外記の前に置いた。

「じつはな、来月、庵斎と庄内まで旅することになった」

雪駄《せった》と白足袋《たび》をぬいで足を洗う。

「庄内というと、出羽の庄内ですか」

外記とお勢は庭に面した座敷に入った。

障子《しょうじ》を開け放ち、風を入れる。風鈴が涼しげな音色を奏《かな》でた。

「そうじゃ」

外記は懐中から、門前町の菓子屋で買い求めた羊羹《ようかん》を取り出した。お勢は手早く茶を用意する。

「どうした風の吹き回しですか」

「庵斎となヽ芭蕉翁を偲んで旅をしようと」

羊羹に手を伸ばしたが、怪訝な表情を浮かべるお勢に気づき、

「上さまのご命令じゃ」

と、ぼそっとつけ加えた。お勢は、それ以上は聞こうとはせず、

「どれくらいの日数になりますか」

「まあ、ざっと一月《ひとつき》あまりか」

羊羹を食べながら答えた。お勢は、「そうですか」とうなずく。

「それでな、出立《しゅったつ》の前に、真中に気送術を伝授しておこうと思う」

「気送術を真中さんに」

「そうじゃ。以前からも伝授すべく、修業はさせておるのじゃが」

自らの術のおとろえについては黙っていた。お勢はなにか考えるふうに黙り込んだ。

「真中のこと、気に入らぬのか」

気送術は菅沼家伝来の秘術である。気送術を伝授するということは、真中を自分の後継に据えることを意味し、さらにいえば菅沼家を継がせること、すなわちお勢の婿にすることを意味する。

「気に入る、入らぬ、などという気持ちになったことはございません」

お勢は早口で返した。

「しかし、再三、婿にどうじゃと聞いておるではないか」

「そんなことおっしゃられても、はい、そうですか、という気持ちになれるものではありません」

お勢は、「お茶の代わりを持ってきます」と立ち上がった。

真中正助はお勢より一つ上の二十五歳である。相州《そうしゅう》（相模国《さがみのくに》）浪人で、下谷車坂《くるまざか》にある関口《せきぐち》流宮田喜重郎《みやたきじゅうろう》道場で師範代《しはんだい》をつとめている。

関口流は居合《いあい》の流派であることから、真中も居合の達人であるが、血を見るのが大嫌いな性分《しょうぶん》で峰《みね》打ちが得意技という、少々変わった男だ。

風貌《ふうぼう》は目元涼やかな好男子で、目鼻立ちがととのった美人のお勢とは似合いの夫婦といえる。

ところが、性格となると見事に好対照だ。

真中は、血を見るのが嫌いというように、気のやさしいのが取り得で、そのうえ律儀な面を持ち合わせている。

お勢のほうは力強い眼光が示すように、勝気で男勝《まさ》り、きっぷのよさが売りの小股《こまた》の切れ上がった女だ。お勢の目には真中のやさしさが優柔不断に映ってしまい、苛立《いらだ》ちさえ覚えることがある。

――嫌いじゃないんだけど、どうも、じれったいのよね。

お勢は台所で真中の律儀な物言いを思い浮かべ、小首をかしげた。

五

五日後の夕刻、鳥居は江戸城西ノ丸《にしのまる》下にある水野の屋敷に呼ばれた。

書院に通され、鳥居は宗十郎頭巾をぬぎ、水野があらわれるのを待つ。

床の間と違い棚がもうけられた十二畳の部屋は、作者不詳の墨絵《すみえ》の掛け軸と青磁の壺《つぼ》で申し訳程度に飾られている。奢侈禁止を推進する老中としての体面を保った、地味な造りだ。

欄間《らんま》越しに、風と夕陽が差し込んでくる。鳥居のぶざまな頭と突き出たおでこを夕陽が茜《あかね》色に染め、妖怪《ようかい》じみた容貌を際立《きわだ》たせた。

やがて、廊下を足早に歩く足音がする。鳥居は、すかさず畳に両手をついた。襖が開き、

「待たせたな」

水野が足早に入ってきた。

「このたびは、とんだ失態をしでかし、まことに申し訳ございません」

鳥居は顔を上げる。

水野は切れ長の目にわずかに困惑の色を浮かべたが、

「なるほど、妖怪とは町人どもめ、よく言ったものじゃ」

と、苦笑を浮かべた。鳥居は、「面目《めんぼく》ございません」とおでこににじんだ汗を懐紙で拭う。

「世直し番とか申す、不埒《ふらち》な賊徒、必ずやわが手で召し捕ります」

「賊徒捕縛も大事じゃが、そのほうを呼んだのは、それればかりではない」

水野は言葉を区切り、鳥居の目を見すえた。

鳥居の目に緊張が走る。

「三方領知替の一件じゃ」

水野は口元を引き締めた。鳥居は黙ってうなずく。

「いよいよ、成《な》るのでござりますか」

「それがな……。上さまがしぶっておられる」

水野は脇息《きょうそく》に身を凭《もた》せ、庄内領の百姓《ひゃくしょう》たちの抵抗が強いことを語った。

もともと川越藩松平家の財政立て直しに端を発した政策である。なんの落ち度もない庄内藩酒井家が減封となるこの領知替が、公儀によるごり押しであることは、推進者の水野自身がよくわかっている。

「では、叶《かな》いませぬか」

鳥居はつぶやくように言う。

「いや、なんとしても断行する」

水野は脇息から身を起こした。

「それほどまでに、なにゆえ川越藩に肩入れなさるので」

「なにも川越藩のためにおこなうのではない」

「と、申されますと」

「三方領知替は亡き大御所さまのご意向を汲み、幕閣で決定し、上さまの名のもとに発令したものじゃ。いったん、御公儀が発令した政令を取り消すことは御公儀の威信にかかわる」

「ごもっともにございます」

「それに、三方領知替は近い将来おこなう上知令《あげちれい》の試金石となる」

上知令とは、江戸を中心とする関東一帯、大坂を中心とする上方《かみがた》一帯の領地を天領《てんりょう》とし、関東、上方に領地をもつ大名は地方の天領に転封することにより、幕府財政の安定と、国防上の拠点を確保する、という改革の目玉政策だった。

「つまり、いかなる大名であろうと、御公儀の命令一つで自在に領知替できる既成事実をつくり上げるのでございますな」

鳥居が言うと、水野は唇を引き締めた。

「さよう。そのうえ、思わぬ大きな獲物が引っかかってまいった」

水野は口元に笑みを浮かべる。鳥居は黙って言葉を待つ。

「庄内領に隠し銀山があるらしい」

「まことにございますか」

鳥居は口を開け、驚愕《きょうがく》の表情を浮かべた。

「考えてみれば、庄内藩は先年の大飢饉にも、領内で餓死《がし》者が一人も出ておらぬ。信じられぬこととなかば疑っておったが、隠し銀山があるということなら、得心がいくというもの」

先年の大飢饉とは天保四年（一八三三）から天保七年（一八三六）にかけて全国を襲った天保の飢饉を指す。奥羽《おうう》を中心に、全国規模で多くの餓死者を出した。

「なるほど、てっきり、酒田の廻船《かいせん》問屋本間《ほんま》の肩入れで乗り切ってきたと思っておりましたが」

鳥居はおでこを指でさすった。

本間とは庄内最大の商人で、庄内藩、新庄《しんじょう》藩、米沢《よねざわ》藩の藩財政運営にも参画《さんかく》していた。

「川越藩松平家が庄内に転封のあかつきには、銀山は御公儀の直轄とする」

水野は淡々と言った。

「畏《おそ》れながら、いずこからそのような朗報を？」

「上さまじゃ」

「なんと！」

「松尾芭蕉を存じておろう」

水野が突然思いもかけぬ名を口に出したので、鳥居は戸惑いの表情を浮かべた。

「松尾芭蕉は公儀の隠密だったそうじゃ。『おくのほそ道』の旅は、仙台《せんだい》藩伊達《だて》領をはじめとする奥羽諸藩の領内を探索することが目的であったらしい」

鳥居は言葉を失ったように、黙り込んだ。

「その探索の成果が、『おくのほそ道』の別本として江戸城の書物蔵に保管されておるという。近々、上さまが書物奉行に命じ、探し出させ、お見せくださる」

「では、別本に隠し銀山のありかが記されておるので」

「おそらくな」

「しかし、隠し銀山、事実とすれば、なにゆえこれまで御公儀直轄とされなかったのでしよう」

鳥居は顔をくもらせる。水野もしばらく考え込んでいたが、

「庄内藩酒井家は畏れ多くも神君家康公《しんくんいえやすこう》とご先祖を同じくされる由緒《ゆいしょ》正しいお家柄じゃ。藩祖忠次《ただつぐ》は、神君家康公の天下取りの功臣として、本多忠勝《ほんだただかつ》、榊原康政《さかきばらやすまさ》、井伊直政《いいなおまさ》とともに徳川四天王に数えられておる。いわば、徳川家の柱であった。そのあたりを考慮されたゆえかもしれぬな」

と、腕組みした。

「ともかく、隠し銀山を接収することが肝要《かんよう》でございますな」

「そうじゃ。なんとしても三方領知替を実施せねば」

「上さまも庄内領に隠し銀山があることが判明すれば、ご承知なさるのでは」

「それが、そうでもない。銀山だけを直轄領にすればよいというお考えだ」

水野は苦笑する。

「それは、困り申したな」

鳥居も顔をしかめた。

「そこでじゃ」

水野は半身を乗り出した。鳥居は期待のこもった目を向ける。

「上さまに御庭番の派遣を上申した」

「御庭番を」

「庄内領の探索を目的にな」

「…………」

「御庭番どもに、庄内領の不穏な動きを確認させるのじゃ」

「庄内領に不穏な動きがあれば好都合にござりますが、領民どもは、酒井さまの政《まつりごと》を善政と喜び慕うあまり、駕籠訴《かごそ》まで起こしたほどですぞ。御庭番を入れれば、かえって庄内領平穏という報告がもたらされ、転封の口実がなくなりはしませんか」

鳥居が言うように、前年天保十一年の暮れ以来、庄内領の百姓たちは村の代表を江戸にいくたびか送ってきた。

百姓たちは老中、御三家《ごさんけ》、御三卿《ごさんきょう》、東叡山寛永寺《とうえいざんかんえいじ》といった幕政に影響力をもつ有力者へ、領知替反対の嘆願をくり返した。

今年の正月には、老中が乗る駕籠に二十人で直訴《じきそ》に及んだ。

通常、駕籠訴は厳禁であることから、訴えを取り上げられることはない。ところがこのときは、水野をはじめ三人の老中と大老《たいろう》井伊直亮《なおあき》が訴状を受け取った。

庄内藩からの酒井家転封に対する、幕閣の後ろめたさのあらわれといえる。

「おまえらしくもない、髷といっしょに脳みそまで切られたか」

水野は鼻で笑った。鳥居は、恥ずかしげに顔を上げ、

「こちらも隠密を送り、御庭番が庄内領に入ったところで、領内で騒動が起きるよう工作すれば……」

「そういうことじゃ」

「では、手練《てだれ》の者を」

「うむ。確かな者を人選せよ。御庭番派遣の日取りが決まったら知らせる」

水野と鳥居の密談は、ひとまず終わった。

六

水野邸から戻った鳥居を、用人藤岡が待っていた。

すでに夜の帳《とばり》が下り、蟬は鳴き止み蛍《ほたる》の光が庭を彩っている。鳥居は、蛍を愛でる余裕もなく、藤岡を書斎に呼び込んだ。

「木村どののこと、調べてまいりました」

燭台《しょくだい》の蠟燭《ろうそく》が、藤岡の苦悩に満ちた顔を照らした。

「そうか」

鳥居はそっ気なく返すと、話すよううながす。

木村は南町奉行所の応援を得て、橋場《はしば》の無人寺を急襲した。そこが、世直し番を称する賊徒の巣窟《そうくつ》であることを突き止めたはずだった。

ところが、急襲してみると、賊徒など存在せず、今戸《いまど》焼の彩色をおこなう内職の連中がいただけだった。賊徒捕縛は完全な失敗に終わった。

その後、木村は捕り方を解散した。木村に賊徒の巣窟の場所を知らせた同心と岡っ引は内職の者らの身元を確かめるべく、今戸の窯場へ向かったのだが――。

「それから、木村どのは賊徒捕縛の失態の責任をとり、通入寺《つうにゅうじ》の門前で自害されたのです」

藤岡は、木村の自害が自分の責任であるかのように頭を垂れた。

「状況はわかったが、木村は、わしには賊徒捕縛に成功したと知らせてまいったのじゃ」

鳥居は、文机の上に置いた木村の書付を藤岡に見せる。藤岡は燭台に書付を近づけた。

「間違いなく木村の字じゃ」

鳥居は目を凝《こ》らす。

「解《げ》せませぬな」

藤岡も書付に視線を落としたまま答えた。それから、鳥居に向き直り、

「木村どのは錯乱《さくらん》しておられたのでは」

「錯乱、どういうことじゃ」

「それが、自害の様子が少々、変だったのでございます」

木村は脇差《わきざし》で自害したのだが、脇差を着物の上から腹部に深々と突き立てていたという。

「つまり、それほどに追い詰められた心の状態であったのでは、と」

「錯乱か」

鳥居は木村を精神的に追い詰めたのは自分であると思ったが、ほんの少しの憐憫《れんびん》の情も抱かなかった。それどころか、

「ふん、情けなきやつよ」

と、吐き捨てた。

「次に、お喜多どのから興味深きお話を」

藤岡が言った。

鳥居は、愛妾で元辰巳芸者のお喜多を囲っている屋敷で、逗留中に髷を切られた。ということは、鳥居の愛妾宅の存在と鳥居がいつそこを訪れるかを賊が知っていたことになる。

そこで、藤岡はお喜多に会い、屋敷に出入りしている人間で不審な者がいなかったか、

確認したのである。

　お喜多は、不審とは思わなかったが、と断った上で、常磐津の師匠と幇間《たいこもち》を屋敷に入れたことを話した。

「名は？」

「名は聞かなかったそうで」

「しょうがないやつめ」

　鳥居は吐き捨てた。自分の愛妾であるだけに、よけいに腹立たしい。思わず、文机の上の紙を握りしめる。

「ただ、常磐津節を聞かせてもらっただけ、とのことでございました」

「しかし、ほかに不審な者はおらんのであろう」

「あとは出入りの商人、それに木村どのが殿のお使いで訪れたくらいとのこと」

「ひょっとしてそやつら、木村のあとをつけ、お喜多の存在を知ったのか」

　鳥居は目に暗い光を宿らせた。

「ともかく、ほかに手がかりはない。その常磐津の師匠と幇間を捕らえよ」

「は、しかし、どのようにして」

　藤岡が当惑すると、

「江戸中の常磐津の師匠宅を当たればよいではないか。お喜多にその者どもの容貌をくわしく聞き、人相書きを作成するのじゃ。そして、その人相書きを隠し目付に持たせ、探索に当たらせよ」

鳥居は事もなげに言ってから、

――そうじゃ。この探索に成功した隠し目付を庄内へ派遣する隠密としよう。

ほくそ笑んだ。

「かしこまりました」

藤岡は、額に汗をにじませ両手をつく。

こうなると、鳥居は問題の常磐津の師匠を探し出すまで容赦《ようしゃ》はしない。執念《しゅうねん》深く追及してくる。藤岡は探し出せない場合の処罰を思い、身体に悪寒《おかん》を走らせた。

外記は自宅に真中を招いた。

外記の家は、橋場総泉寺《そうせんじ》の南に広がる鏡ヶ池のほとり近くの小高い丘の上にある。庵斎の門弟の、傘《かさ》問屋の隠居の住まいであったのを譲り受けた。二百坪ほどの敷地に生垣《いけがき》がめぐり、藁葺《わらぶ》き屋根の母屋と台所、厠《かわや》、風呂、蔵、井戸からなる平凡な田舎家だ。二本植えられている大きな杉の木が目印となっていた。

外記は母屋の縁側で真中と並んで座っている。

今日の外記は変装を解《と》き、素顔を晒していた。髪は白髪まじりで総髪に結っている。髭のない目鼻立ちがととのった柔和な顔だ。白薩摩《さつま》の着物を着流し、茶献上《けんじょう》の帯を締め、縁側に腰かけ足をぶらぶらとさせている。真中は、空色の小袖に草色の袴を身に着《つ》け、横で正座していた。

庭では、杉の木陰にぼつが仰向けに寝そべっている。犬にしては小型で無防備に腹を晒しているその姿は、遠目には黒猫の日向《ひなた》ぼっこのようだ。

二本の杉が長い影を縁側にまで引かせている。縁側から見下ろす鏡ヶ池の面に青空と入道雲が映り、さざ波に揺れていた。

「真中、今日呼んだのは、おまえに気送術を伝授したいと思ってな」

外記は鏡ヶ池を見下ろしながら切り出す。

「それがしにですか」

真中は誠実そうな顔を向けた。

「以前にも、真似《まね》事は教えたが」

「物になりませんで申し訳ございません」

真中は頭を垂れる。

無理もない。気送術は菅沼家伝来の秘術、嫡男は元服の日より修業を課せられる。呼吸法、気功法を鍛錬し、断食や山籠もりなどをおこないながら五年を目安に会得するのだ。菅沼家の血を引かず、そうした修業をしてこなかった真中が気送術をやすやすと使えるはずがない。

ただ、真中の並外れた武芸の才と誠実な人柄に外記は期待しているのである。

「なにも謝ることはない」

外記はぶらぶらさせている足を上げ、胡坐をかいて真中を向いた。

「今回は、本気で伝授したいのじゃ」

外記は真中を見すえる。

「わかりました。よろしくお願いいたします」

真中は真摯《しんし》な眼差しを向けてきた。

「よし。ならば、道場の稽古が終わったら、通ってまいれ。今日はまず丹田呼吸を教える」

縁側に面した十畳の座敷に入ると、障子を開け放ち、二人は部屋の真ん中で相対した。

「まずは、息をととのえる」

外記が座禅を組んだ。

真中もまねる。

「丹田で息をするのじゃ」

右手で握り拳《こぶし》をつくると外記はへそに押し当て、

「よいか、へそから握り拳ぶん下のあたり、ここが丹田じゃ。よいな」

と、真中を見た。

真中も右手で拳をつくり、へその下を注意深く探る。

「そんなに神経質に考えなくてよい。だいたいの場所でよいのじゃ」

外記はやさしく告げた。真中はうなずき、拳を止める。

「よし、では拳を広げ、丹田に添えよ」

真中は素直に応じた。

「手を添えたまま、口から大きく息を吸い、ゆっくりとしぼり出すように吐き出せ」

外記はやってみせた。

真中はたこのように口をとがらせ、大きく息を吸い込んだ。ついで、ゆっくり時間をかけて吐き出していく。

「うむ。それでよい。今度は、鼻から大きく息を吸い、ゆっくりとしぼり出すように吐き出せ」

真中は鼻をふくらませた。

「この二通りの息吸いをくり返すのじゃ」

外記が言うと、真中は無言で丹田呼吸を繰り返す。

半刻（一時間）ほどもくり返していると、二人の全身から汗が噴き出してきた。

ばつは縁側へ駆け上がり、部屋の真ん中で汗まみれになって相対している外記と真中をつぶらな瞳で見上げた。

七

真中が気送術に取り組んでいたころ、庵斎は一冊の書物と格闘していた。

庵斎は浅草田原町《あさくさたわらまち》三丁目にある醬油《しょうゆ》問屋万代屋吉兵衛《ばんだいやきちべえ》が家主の長屋に住んでいる。二階建て長屋の一軒で、「俳諧指南　村山庵斎」という立て看板を出していた。

ところが、ここ数日、格子戸に「都合により指南休み」と貼り紙がしてある。稽古を休み、人の出入りをさせないようにして、庵斎は一冊の書物と向き合っているのだ。

その書物とは、『おくのほそ道』。

いうまでもなく、俳聖松尾芭蕉が残した紀行文である。庵斎は水野が放つであろう隠密を釣り出すえさに、『おくのほそ道』を活用しようとしているのだ。

すなわち、『おくのほそ道』の別本の作成である。徒目付木村房之助の書付や遺書を偽造したのも庵斎だった。

庵斎は筆跡をまねる特技を持っている。

今度は、書付程度ではない。『おくのほそ道』まるまる一冊なのだ。

『おくのほそ道』には、能書家《のうしょか》柏木素龍《かしわぎそりゅう》が清書した西村本、弟子の河合曾良《かわいそら》が書き写した曾良本、門人志太野坡《しだやば》所有の野坡本が伝えられていた。

庵斎は、それらの中から野坡本と呼ばれる芭蕉直筆本を、持ち主である門弟の両替商から五日間だけ、という約束で借り受けていた。以来、庵斎は自宅にこもり、芭蕉の筆跡をまね、別本作成に没頭しているのだ。

筆跡をまねるための七つ道具を備《そな》えている。

さまざまな穂先をした筆、鉛筆、染料、くじらざし、薄紙、天眼鏡《てんがんきょう》である。庵斎は、これらの道具を駆使し、筆跡をまねて偽造文書をつくり上げるのだ。

『おくのほそ道』を開き、薄紙を敷き、鉛筆で字の外形をなぞり、適した穂先の筆で何度もまねる。

この作業は単に字の形をまね、写し取るだけではなく、芭蕉の筆跡のくせをつかむためのものである。

くせをつかむには、文章をつづったときの芭蕉の心情を思い、芭蕉になりきることが求められる。

庵斎は時の経つのも忘れ、一心不乱に没頭した。

それは、苦行ではなく、楽しいものだった。仕事とはいえ、尊敬する俳聖の心の内を垣《かい》間《ま》見るような気がするのだ。

三日三晩かけて、庵斎は、『おくのほそ道』に記された芭蕉の字をつかみ取った。あとは芭蕉の字で、

「『秘本おくのほそ道』をしたためるぞ」

庵斎は大きく伸びをした。

八畳間には、庵斎の苦闘を物語るように紙くずが散乱し、足の踏み場もないほどだ。

天窓から朝日が差し込み、納豆売りの声、蟬の鳴き声がした。

庵斎は土間に降り、水がめの水を飲むと、

「よし、やるぞ」

自分に気合を入れるように頰を両手で張った。

文机に向かって正座する。筆を取り、なみなみと黒光りする墨をたたえた硯《すずり》に穂先を

ひたす。背すじを伸ばし、紙を見下ろした。

真っ白な紙に芭蕉がたどった奥州路《おうしゅうじ》、羽州路《うしゅうじ》が浮かんでくる。

庵斎は静かに筆を走らせた。気分は、芭蕉になりきっていた。


外記と真中は、夕暮れまで丹田呼吸をつづけた。

外記と真中の顔を夕陽が茜色に染めたころ、

「お頭、大変だ！」

義助《ぎすけ》の声がした。

義助は外記配下菅沼組の一員で、ふだんは棒手振《ぼてふ》りの魚屋をよそおっている。いまも紺《こん》の腹がけに半纏《はんてん》を身に着けていた。背中には、「魚助《うおすけ》」と記されている。

義助は、木戸門から庭を横切り縁側までやってくると、息を切らせながら、

「お勢姉さんが」

お勢が連れ去られたと言った。

「誰にだ」

真中は義助に走り寄った。真中と義助の狼狽《ろうばい》ぶりに、ばつは尻尾《しっぽ》を立て縁側を降り、庭に走り去る。

「鳥居の手の者です」

義助は肩で息をしながら答えた。

「鳥居だと」

真中は目を剝《む》く。

「落ち着け」

外記は台所からどんぶりに水を汲んできて、義助の前に置いた。義助は一息に飲み干すと、頭に巻いた豆しぼりの手ぬぐいで顔中の汗を拭った。


今日の昼過ぎのこと。

お勢は稽古を終え、母屋に戻った。母屋の一階の座敷で三味線をひいていると、玄関で男の声がした。

格子戸を開けると、書物箱を背負った男が立っていた。貸し本屋である。

「神田三河町《かんだみかわちょう》の鶴屋《つるや》からまいりました。おもしろい絵草紙《えぞうし》がたくさん揃《そろ》っていますが、いかがです」

貸し本屋は愛想よく声をかけてきた。

「そう。悪いけど、間に合ってるの」

お勢は笑顔で断った。貸し本屋は、

「そうですか、また回ってきますので、よろしくお願い申し上げます」

と、ていねいに頭を下げ、木戸門から出ていった。

お勢はべつに不審にも思わず、座敷に戻る。

ところが、貸し本屋は鳥居の用人藤岡が放った隠し目付の一人、佐川久右衛門《さがわきゅうえもん》だった。

佐川は上野から湯島にいたる地域を任された。人相書きを手に、任された地域に存在するすべての常磐津の稽古所を回っているのだ。

その途中、根津権現門前町近くの武家屋敷にあるお勢の稽古所に到ったのである。佐川は、長屋の窓越しにお勢の顔を覗き、容貌、年格好が人相書きと一致することを確認した。

そのうえで、お喜多をともなった。

佐川がお勢を呼び出したとき、お喜多は木戸門の陰にひそんでいた。

お喜多はお勢が屋敷に来た女と断定した。佐川は、ただちに藤岡に知らせたのだ。

八

四半刻（三十分）後、格子戸を激しく叩く音がした。

「待ってください。いま、開けますから」

お勢は苛立たしげに格子戸を開ける。

「おや、あんたさっきの」

佐川が立っていた。ほかに侍が一人いる。藤岡だった。

佐川は書物箱を背負っておらず、顔からは一切の愛想が消え去っている。それどころか、鋭い眼光でお勢を睨《にら》み、

「青山勢、聞きたいことがある。同道いたせ」

と、お勢の右手首を握った。

「なにするのよ！」

お勢は佐川の手を振りほどこうとした。が、佐川の手は枷《かせ》のようにがっしりと食い込み、お勢がもがけばもがくほど締めつけは強くなる。

佐川はしばらく、お勢の苦しむ様子を楽しむかのように、右手をつかんでいたが、藤岡にうながされ、

「いいから、来い」

と、石畳を引きずるように、木戸門までお勢を連れていった。

木戸門には駕籠が待っている。

「乗れ」

佐川はお勢を駕籠に押し込むと、そそくさと立ち去った。

「で、あっしは、その駕籠の後を追っていったんです」

義助はお勢に鮪《まぐろ》を届けにきたところだった。

「駕籠は鳥居の屋敷に入ったのだな」

外記は落ち着いた口調で聞いた。義助は大きくうなずく。

「お頭」

真中と義助は同時に言った。

「一刻も早く、お勢どのを」

真中は唇を嚙みしめた。

外記は思案するように腕組みをする。


お勢は練塀小路の鳥居屋敷の庭に据えられた。筵《むしろ》が敷かれ、縄《なわ》で後ろ手にしばられ座らされる。

縁側に面した座敷に、宗十郎頭巾をかぶった鳥居がお勢を見下ろしている。縁側には藤岡が座していた。

木立のすき間から斜めに傾いた日差しが、お勢の背中を射す。耳障りな蝉の鳴き声と相まって、不快な暑さに苦しめられる。

「名を名乗れ」

藤岡が言った。お勢は鳥居と藤岡を交互に睨み、

「これは、お取り調べですか」

「そうじゃ。素直に答えれば手荒なまねはせん」

藤岡が答える。

「ちょっと、待ってください。お取り調べなら、番所かお奉行所でおこなうべきなのじゃござんせんか」

お勢は蝉の鳴き声を跳ね返すように、大きな声を放った。

「おまえが町人ならば、町方がおこなう。だが、おまえは御家人青山重蔵の娘だ。御家人や旗本は目付の管轄《かんかつ》。よって、目付鳥居耀蔵がおこなう」

鳥居は宗十郎頭巾越しにおでこを突き出す。

「なるほど、父は御家人でした。ですが、御家人株は売ってしまいましたよ。わたくしは町人の身です」

「だが、青山勢と名字を名乗っておるではないか」

「それは、商売上の源氏名でございます」

お勢は毅然《きぜん》と言い返す。

「黙れ！　そのようなことはどうでもよい。町方へはおまえの取り調べがすみしだい、引き渡す」

苛立たしげに言うと、鳥居は宗十郎頭巾をはぎ取った。髷のなくなったざんぎり頭が日差しを照り返した。

お勢は思わず吹き出しそうになり、顔を伏せた。

「おかしいか」

鳥居はお勢の表情を見逃さず、蜥蜴《とかげ》のような目で射すくめる。お勢は顔を上げ、表情を消して鳥居を見返す。

「わしをこんなふうにしたのは、おまえであろう。あるいは、おまえの仲間、世直し番とか申す不埒な連中に相違あるまい」

鳥居は薄い唇をゆがめた。

「なんのことやら、見当もつきません」

お勢は抑揚《よくよう》のない声で答えた。

「とぼけるか」

鳥居は冷笑を浮かべると、自分の考えを述べはじめた。

自分が髷を切られた晩、配下の木村が賊徒捕縛に失敗したという遺書を残し、自害した。しかし、自分には捕縛成功の書付を寄越していた。

この矛盾《むじゅん》した二つの書付をどう説明するか——。

相反する行動を解き明かすと、木村は自害ではなく、賊徒に殺された。着物の上から脇差を突きたてたという不可解な行動は、自害に偽装したことを物語る。

「これについては、ある一件があった。筆跡をまね、書状を偽造することに長《た》けた者がおった。そして、書状を偽造し、さるお方を失脚に導いた。その者こそが、菅沼外記、すなわち、おまえの父青山重蔵だ」

鳥居は扇子《せんす》をお勢に向けた。

お勢は小首をかしげ、

「たしかに、青山重蔵はわたくしの父でございます。ですが、菅沼なにがしとか申されるお方は、どなたでございます」

「どこまでもとぼけるか。菅沼外記は生きておるのであろう。世直し番は外記が動かしておるのではないか」

鳥居は語調鋭く言い放った。

「わたくしには、鳥居さまがおっしゃること、まるでわかりません」

お勢はあくまで落ち着いた口調を崩さない。

それにもかかわらず、鳥居は執拗《しつよう》に外記と世直し番、お勢が髷を切ったことを問い詰めた。が、お勢は否定しつづける。

日が暮れた。

「今晩じっくり考えろ。どうしても、認めぬとあれば、少々手荒なまねをせねばならん」

薄く笑うと鳥居は席を立った。お勢は土蔵に閉じ込められた。

その晩、鳥居屋敷の練塀小路に面した裏門脇に真中、義助、一八《いっぱち》が集まった。一八は幇間を生業《なりわい》とする菅沼組の一員である。

お勢といっしょにお喜多の屋敷に入り込んだ男で、お勢が捕らわれ、居ても立ってもいられなくなり、やってきたのだ。

真中と義助は、外記から動くなと釘を刺された。が、どうしても救い出したい一心で集まっている。

「さて、どうしやす」

一八は黒々と横たわる築地塀《ついじべい》を見上げた。

「とにかく屋敷に忍び込んで、お勢姉さんの居場所を突き止めないことには」

義助が言った。

真中は無言のまま、侵入場所を見極めるように、築地塀にそってゆっくりと歩きはじめた。義助と一八は金魚の糞《ふん》のようにくっついていく。

と、真中の前に影があらわれた。

「待て」

「庵斎どの」

真中は思わず口にした。

「お頭から、様子を見てくるよう言われてまいった。案の定だな」

庵斎は義助と一八に視線を送る。

「しかし、指をくわえているわけには」

真中は裏門を見た。

「指をくわえているわけではない。ちゃんと手は打った」

庵斎が言うと、そのとき裏門が開き、手丸提灯《てまるぢょうちん》を持った侍が出てきた。どうやら、屋敷の周囲を警固のため巡回するらしい。

「ここでは、まずい」

庵斎に導かれ、真中たちは闇に溶け込んだ。

九

翌朝、南町奉行矢部駿河守定謙《やべするがのかみさだのり》から鳥居のもとに、お勢引き渡しを求める使者がやってきた。

鳥居は拒絶しようとしたが、町人を取り調べるのは町方であると差配違いを指摘され、やむなく引き渡しに応じた。

夕刻、外記の屋敷に菅沼組が集まった。

庵斎、真中、義助、一八、それに絵師の小峰春風《こみねしゅんぷう》がいる。さらには、

「お勢どの、よくぞご無事で」

真中が笑顔を浮かべたように、お勢も奉行所から放免されてやってきた。

「庵斎が矢部さまと知り合いとは、運がよかったな」

外記は言った。

「矢部さまとは、俳諧を通じて懇意《こんい》にしていただいております。お奉行になられる前は、お屋敷で開かれる句会によく呼ばれておりました」

庵斎はあご髭をなでる。

南町奉行矢部定謙は、勘定《かんじょう》奉行在任中に水野忠邦と対立し、江戸城西ノ丸留守居《るすい》に左遷《させん》され、さらには非役の旗本が所属する小普請組《こぶしんぐみ》に編入された。閑職《かんしょく》に回されたあいだ、無聊《ぶりょう》をなぐさめようと、句会を催していた。

南町奉行に昇進したのは、今年の四月である。水野の引き立てだった。水野としては、閑職の身にある矢部を引き立ててやれば、自分のために忠義を尽くすという思惑《おもわく》があってのことだ。

庵斎は、前日南町奉行所に出向き、懇意にしている常磐津の師匠が鳥居に拉致《らち》されたことを述べ、救助を依頼した。

矢部は城中で鳥居と面談した。

鳥居は、お勢が菅沼外記の娘であり、自分の髷を切り取った狼藉者であると断定した。また、外記は世直し番なる賊徒を動かし、木村の命を奪った、とも言い添えた。

矢部は鳥居の申し立てを踏まえて、お勢を吟味《ぎんみ》することを約した。

奉行所で、お勢は、自分はあくまで元御家人青山重蔵の娘であり、菅沼外記なる者は知らないと主張した。また、お喜多の屋敷に行ったのは奢侈禁止の時世により稽古料が激減し、生活の糧《かて》を得ようと門付《かどづけ》のつもりで屋敷に上がったにすぎない、とも言い添えた。

世直し番との関係も一切否定した。

町奉行所としてもなんら証拠がないうえに、青山重蔵の死が確認された以上、お勢を留め置く理由はなく、放免となったのである。

「ともかくよかった」

春風が酒を持参し、義助は鮪を刺身にしてきた。

「真中さんたら、大変な剣幕でしたよ」

一八は、お勢を救い出すのだと真中が必死の形相《ぎょうそう》で訴えたことを語った。

「おまえはいつも大げさだ」

真中は口ごもった。

「いえ、そんなことありませんぜ。おまえたちが行かぬなら、わたしだけでも、なんて、高田馬場《たかだのばば》に仇討《あだう》ちの助太刀《すけだち》に駆けつける中山安兵衛《なかやまやすべえ》みたいに、この屋敷から飛び出していきましたぜ」

義助が言うと、一同から笑いが起きた。

お勢のうなじに赤みが差した。ついで、うつむき加減に真中を見る。真中も頬を染め、頭を掻《か》きながらお勢を見詰めた。二人は、視線を合わせると、ばつが悪そうにお互い視線をそらす。

外記は無言でお勢を見つめ続けた。言葉はかけないが、口元が緩み安堵《あんど》の表情となっている。しばらくして、ふと我に返ったように、

「さあ、飲め」

下戸《げこ》のため、羊羹と番茶を前に外記は言った。

みな、「いただきます」と陽気に声をあげる。いつのまにか、ばつがみなの輪の中に歩いてきた。

「お頭」

庵斎は外記の横ににじり寄ると、懐から一冊の書物を取り出した。

「できたか」

外記はにんまりとした。

『秘本おくのほそ道』である。庵斎は、書き上げると製本し、それをすすで汚したり、茶をこぼしたり、縁の下に埋めたりした。このため、外記が手にしている『秘本おくのほそ道』は薄汚れている。

いかにも秘蔵書という趣《おもむき》だ。

「よし、これを上さまにお届けする」

外記が言うと、庵斎は笑みを広げ、

「いよいよですな。庄内に行くころには、青葉が匂うようでしょう」

と、星空を見上げた。

「さわやかな風に吹かれるか、青嵐《あおあらし》が待っているか」

外記も思いをめぐらすように空を見た。

「風薫《かお》る翁《おきな》を慕うて奥州路」

庵斎は静かに句をひねった。


そのころ、鳥居は矢部から届けられた書状に歯嚙みしていた。

書状は告げていた。

お勢に不審な点は見つからなかった。青山重蔵の死は疑うべくもない事実である。そして、お勢と世直し番を結びつける証拠は一切ない。

木村の死については、錯乱による自害と断定されていた。盗賊捕縛に失敗し、狼狽《ろうばい》することはなはだしかった、と南町奉行所の同心、岡っ引の証言が引用されてある。狼狽のあまり錯乱し、着物の上から脇差を突きたてたという説明である。二通の矛盾した書付がそれを物語っている、とも書き添えられていた。

矢部は以上の内容を書状にしてきたうえで、追伸として、外泊するときは身辺警固くれぐれも怠《おこた》らないように、と忠告もしていた。鳥居にとっては、皮肉とも受け取れる忠告である。

「おのれ!」

鳥居は書状を破り捨てた。

「あの剛直者め、へそ曲がりめ」

肩をふるわせ悪態をつく。

が、息がととのうにしたがい、冷静になった。

実際、菅沼外記が生きていると考えるほうに無理がある。木村の死にしても矢部の書状どおり、錯乱し自害したと考えるほうが自然だ。お勢という女も単にお喜多の無聊をなぐさめたにすぎない。

町方で無実とした町人を、確たる証拠もなく差配違いの自分がこれ以上取り調べるわけにはいかない。

それに加えて、髷を切り取られた場所が愛妾宅であるとは、なんともまずかった。これ以上、お勢を追及すれば、お喜多の存在を公にせざるをえない。

――よし、お勢という女のことは捨て置こう。

が、

「この屈辱《くつじょく》は忘れん」

鳥居は、破り捨てた書状を拾い上げ、お喜多の存在を暗示する追伸文を見据えた。

「なにが、外泊のときは身辺警固くれぐれも怠りなきようじゃ」

鳥居は目に暗い光を宿らせ、

「いまにみておれ、思い知らせてやる。町奉行から引きずり降ろしてやるぞ」

縁側に出ると、ざんぎり頭をふり乱し、夜空を見上げた。

第二話　紅花の棘《とげ》

一

　菅沼外記は江戸城に潜入《せんにゅう》した。

　潜入といっても、大奥出入りの小間物問屋相州屋の鑑札《かんさつ》を持参し、羽織、袴を身に着けた堂々たる入城だ。髭も宗匠頭巾もつけず、白髪まじりの頭を総髪に結っている。

　外記は、中奥《なかおく》の、将軍の湯殿《ゆどの》近くにある梅之間そばの坪庭《つぼにわ》に到った。

　手に箒《ほうき》を持ち、掃除をはじめる。

「外記か」

　将軍家慶は、白木綿《もめん》の浴衣《ゆかた》に身を包み縁側に出てきた。涼をとるように縁側に腰かける。

「『秘本おくのほそ道』でございます」

　外記は袱紗《ふくさ》包みを差し出した。

「できたか」

家慶は受け取ると、外記を梅之間に導いた。

梅之間は入浴を終えた将軍が休息する部屋である。将軍のほか、何人《なんぴと》も入ることはできない。小姓《こしょう》は呼ばれるまで部屋の外で待機している。

外記は水野の隠密を釣り出す方法を先に書付にし、目安箱《めやすばこ》に投書することで家慶に伝えていた。

目安箱は和田倉門《わだくらもん》の評定所《ひょうじょうしょ》の前に設置してある。八代将軍吉宗が、庶民の声を政《まつりごと》に反映させようと創設した。目安箱の投書から、小石川養生所《こいしかわようじょうしょ》がつくられたことは有名である。

目安箱の鍵は将軍が持ち、投書は将軍しか見ることが許されない。家慶のころになると、有名無実化した制度であったが、外記はこれを家慶との連絡手段に活用した。

外記が考えたその方法とは、公儀の隠密であった松尾芭蕉が『おくのほそ道』の別本を書き残しており、そこに隠し銀山について記されている、という偽の情報を水野らにつかませる、というものであった。

この日に別本を持参することも、目安箱に投書して家慶に知らせた。家慶は入浴時刻を外記の来訪に合わせて、梅之間で待っていたのだ。

「越前は焦《あせ》っておる」

家慶は柔和な顔で言った。越前とは水野越前守忠邦のことである。外記は黙ってうなずく。

「大御所（徳川家斉）の薨去《こうきょ》、武蔵川越の松平斉省の死により、領知替推進の中心となる人間がいなくなり、流れが変わった」

「庄内の百姓ばかりか、酒井さまご自身も御三家や御三卿、ご老中がた、仙台伊達さま、秋田佐竹《さたけ》さまなど奥羽の有力な大名がたへ嘆願書を出しておられるとか」

外記は言った。家慶はうなずくと、

「領内の百姓ども、酒井の善政を必死で訴えておる」

脇息に身を凭せかけた。

「普通は、領主の政の非を訴える百姓どもが、酒井さまに限っては、善政を訴え、転封を止めてくれと訴えるというのは、異例でございます」

「そうじゃ。じゃによって、三方領知替に対する風当たり、さらに申せば、推進する越前への風当たりが強まっておる」

「水野さまが焦るわけでございますね」

家慶は扇子であおぎ、坪庭を眺めた。

風の通らない庭は白い玉砂利《たまじゃり》が強い日差しを受け、澱《よど》んだ光を宿している。

「越前は御庭番の派遣、催促《さいそく》してまいった」

「派遣なさるので？」

「明日の朝にも、新見《しんみ》を通じて命ずる。川村新六《かわむらしんろく》と村垣与三郎《むらがきよさぶろう》だ」

新見とは御側御用取次《おそばごようとりつぎ》新見伊賀守正路《いがのかみまさみち》である。川村と村垣は、御庭番家筋二十六家に属する正規の御庭番だった。

御庭番家筋二十六家は、紀州《きしゅう》藩の「薬込役《くすりごめやく》」に端を発する。薬込役とは、元来は紀州藩主の鉄砲に弾薬を込める役であったが、藩主が外出する際には、その身辺を警固するようになった。これが発展し、吉宗の代には、諸国を探索する役目を担うまでになっていた。

吉宗は、将軍となるにあたり、紀州藩から二百余名の家臣団を連れてきた。その家臣団のうち、薬込役を担っていた十六名と馬の口取り役一名を加えた十七名が御庭番となる。十七名を祖とする十七家が、代々世襲《せしゅう》で御庭番を継承した。

のちに、十七家の中から分家した別家《べっけ》九家も加わり、天保のころには二十六家が御庭番家筋となった。

御庭番は、将軍側近である御側御用取次の管轄下にある。

彼ら正規の御庭番は、江戸市中や派遣された先の大名領の情勢を調査する。たいていは、行商人に扮《ふん》して城下や村々の様子を探る。万が一不都合が生じた場合は、身分を公《おおやけ》にすることもあった。

したがって、外記のように、特殊工作をおこなう忍び御用専門の御庭番とは違う。あくまで、領内で見聞きした事実、噂を忠実かつ詳細に将軍に報告する。いわば、覆面調査員である。

「わかりました。川村、村垣とつかず離れず同行し、水野さまの隠密の動きに目を光らせればよろしいのですね」

外記は家慶を仰ぎ見る。

家慶はうなずくと、言葉を継いだ。

「越前は矢部に庄内の百姓どもを裁かせようとしている」

水野は庄内領の百姓がたびたび江戸に訴訟《そしょう》にやってきたことを、江戸市中を騒がす行為として、南町奉行矢部定謙に裁かせようと考えていた。その裁きの場に、

「御庭番どもが庄内領内に不穏な動きあり、さらには一揆発生、との知らせをもたらせば、酒井さまの政の非を明らかにし、転封の格好の口実となるわけでございますね」

外記が言うと、家慶は扇子をぴたりと閉じた。

「よって、外記。越前の隠密どもの動きを封じ、川村、村垣が庄内領不穏の報告を持ち帰らぬようにいたせ」

家慶は明瞭な声で命じた。

外記は平伏する。


そのころ、村山庵斎は南町奉行所に矢部定謙を訪ねていた。

奉行所には奉行の役宅が構えられている。庵斎は役宅の居間で矢部と面談した。

「お勢の一件、まことにありがとうございました」

庵斎はていねいに礼を述べた。

「なんの。どうも、鳥居という男、やり方が強引に過ぎる。隠し目付を市中に放ち、取り締まりをおこなうのはいいが、罪なき者まで摘発《てきはつ》する。あれでは、罪人をつくっておるようなものじゃ」

鳥居耀蔵の隠し目付は市中を徘徊《はいかい》し、商家に行き、贅沢品ゆえ扱うことがはばかられる品物をわざと求め、商家が断ると、店先で大の字になる。たまりかねた店の者がその品物を出したところで、お縄《なわ》にする、という狡猾《こうかつ》なことをやっていた。

そうした鳥居のやり方に矢部は不快感を抱いている。

「しばらく句会を催していないのう」

矢部は庭の松を見た。

「近日中にも催したいところですが、あいにく、近々庄内へまいります」

庵斎も松に視線を向ける。矢部は顔をほころばせ、

「それは、俳諧の旅かな」

「はい。芭蕉翁の足跡をたどろうかと」

庵斎も微笑んだ。

矢部は笑顔で、「うらやましい」とつぶやくと、小者《こもの》が縁側で来客を告げた。

「佐藤藤佐《さとうとうすけ》どの、お越しでございます」

「うむ、通せ」

矢部は微笑んだ。

「では、これにて」

来客と知り、庵斎は立ち上がる。

「ちょっと待たれよ。ちょうどよい」

矢部が引き止めると、白髪頭のがっしりとした身体つきをした男が縁側で挨拶《あいさつ》した。

「ご機嫌うるわしゅうございます」

「うむ。入れ」

矢部は言うと、「佐藤藤佐じゃ」と庵斎に紹介し、庵斎のことも佐藤に紹介した。庵斎

は軽く頭を下げた。

佐藤藤佐はこの年六十七歳。庄内領飽海郡《あくみごおり》遊佐郷《ゆざごう》升川村《ますかわむら》の出身で、十九歳のおり公事師《くじし》（訴訟代理人）となるべく江戸に出た。

理財と弁舌の才があり、多くの大名家、旗本家の財政指導をおこなった。矢部とも懇意《こんい》にしており、矢部を通じて多くの有力者との交流をもっている。

また、庄内領最大の商人本間光暉《みつあき》とも昵懇《じっこん》の間柄だった。さらに、今回の酒井家転封の領内反対運動の指導者でもある。

「じつはのう、庵斎どのが庄内へ旅される」

矢部は芭蕉翁を慕う庵斎の旅を紹介した。佐藤はそれなら、と、

「本間光暉どのをはじめ、何人かに紹介状を書きましょう」

笑みを浮かべた。

「本間どの、酒田の。ほう、それはそれは」

庵斎は目を細める。

本間家は北前船《きたまえぶね》から莫大《ばくだい》な利益を得て、庄内最大の商人であるにとどまらず、庄内藩ほか、米沢藩、新庄藩などの財政の相談にもあずかり、藩財政運営にも参画していた。

「これは、ますます、楽しみになってきましたな」

庵斎は、風に揺れる松の枝を眺めた。

二

その夜半《やはん》、鳥居は水野の屋敷に呼ばれた。

書院で二人は対峙《たいじ》する。

庭に面した書院は風を取り込もうと障子を開け放ってある。しかし、風はそよとも吹かず、十日余《とおかあまり》の月に照らされた庭は、松や欅《けやき》が不気味に枝を伸ばしていた。

「上さまより、拝借いたした」

扇子であおぎながら、水野は『秘本おくのほそ道』を差し出す。

鳥居は手に取ると、燭台の蠟燭ににじり寄った。しばらく無言で繰《く》る。

「いったい、このどこに隠し銀山のありかが」

鳥居は小首をかしげた。

「わしにもわからん。三度読んでみたが、さっぱりじゃ」

水野は苛立たしげに扇子を動かす。京都所司代《きょうとしょしだい》をつとめていたとき、禁裏《きんり》との付き合いで和歌をたしなんでいた。俳諧にも理解がある。

「芭蕉の『おくのほそ道』とわずかに違いはあるが」

水野は言葉を継いだ。

水野が言うように、庵斎は全体の紀行文と句を芭蕉が記したとおりになぞりながらも、わずかに変えていた。

「隠密を庄内に入れ、現地で探らせるのがよろしいかと」

鳥居は水野を見る。

「うむ。それがよかろう。上さまもようやく御庭番を派遣してくださることであるしな」

「いつでございます」

「明日じゃ」

「では、当方も。ちょうど、わが隠し目付で腕の立つ男が見つかりました。なかなかに鼻のきく男でございます」

「すでにわしは、黒鍬者《くろくわもの》を鶴岡に潜入させたぞ」

黒鍬者は、江戸城の修築や草履《ぞうり》取りといった雑務につく、身分上は小者、中間《ちゆうげん》と同格の者らである。

ところが、戦時においては工兵の役割を担っていた。攻城戦において、敵の城の真下まで坑道《こうどう》を掘り、爆薬をしかけ、城ごと吹き飛ばす、という技術を修得している。まさしく、隠し銀山探索にはうってつけの者たちだ。

「さすがは、手早いですな」

鳥居はおでこをさすった。

「おまえが人選した男、こっちのほうはどうじゃ？」

水野は刀を振るう真似をした。

「人並み以上には」

鳥居は口ごもった。

水野は思案をめぐらすように天井を仰いでから、

「庄内で刃傷《にんじよう》沙汰《ざた》にならぬとも限らん」

と、前置きしてから、

「黒鍬者の中で特別に手練の者がおる。火薬の使い方はもとより、武芸十八般《ぶげいじゆうはつぱん》を身につけた男じゃ。そやつをおまえの隠し目付につけてやろう」

武芸十八般とは流派によって異なるが、おおむね、弓術、馬術、槍《そう》術、剣術、柔術、手《しゅ》裏剣《りけん》術、薙刀《なぎなた》術、棒術、杖《じよう》術、鎖鎌《くさりがま》術、組討《くみうち》術、水練、十手《じつて》術、鉄扇《てつせん》術、分銅鎖《ふんどうくさり》術、居合術、砲術、刺股《さすまた》術、である。

これだけの武術を修得していれば、まさに一騎当千の兵《つわもの》、といえよう。

「それは、頼もしい限りでございます」

鳥居は深々と頭を下げてからおもむろに、

「すると、庄内へは上さまが派遣される御庭番以外に、水野さまが派遣された黒鍬者とわが隠し目付が潜入することになりますな。いやはや、徳川四天王を謳《うた》われた由緒ある酒井家のご領内が公儀の隠密だらけとは、時世とはいえ皮肉なもの」

水野を見上げた。水野は『秘本おくのほそ道』を手に取り、食い入るように眺めている。

実際には、それらの隠密のほかに、「闇御庭番」である外記と庵斎が加わるとは、さすがの水野と鳥居も知るよしもない。


外記は自宅の居間で真中と対していた。丹田呼吸を繰り返している。

「庭に出るぞ」

外記は真中をともない、庭に出た。

小高い丘の上にある外記の屋敷には、心地よい夜風が吹き込んでくる。十日余の月が杉を照らし、草むらの蛍が妖《あや》しい光を放っていた。

外記と真中は、杉の木の下で対峙する。

「まずは、わしに向かってこい」

外記は声をかけた。

「わかりました」

真中は答えると、外記に向かって走る。

「でや!」

外記の気合が走ったと思うと、真中は後方にはじき飛ばされ、草むらに落下した。蛍の光が揺れる。

縁の下で寝ていたばつが起き上がり、身体をふるわせ一声鳴き声を発した。

「お見事にございます」

真中は、尻をさすりながら起き上がった。

外記は無言で真中を手招きした。

二人は、ふたたび対峙した。剣の果たし合いのように三間《けん》(約五・五メートル)ほどの間合いをとる。

外記は両足を広げ、腰を落とした。左手を腰に添え、右の掌を開いて前方に突き出す。

真中も同じ格好をした。

「よし、このまま丹田呼吸を繰り返すぞ」

低い声で外記は命じた。真中は無言で呼吸する。

「もっと肩の力を抜くのじゃ」

外記は真中のかたわらに行き、肩を軽く叩いた。あごを引かせたり、腰の位置を直したりした。

いつしか、真中は素直に指導を受ける。

「少し、休むか」

外記は草むらに腰を降ろした。真中も腰を降ろし手ぬぐいで汗を拭いながら、

「お頭、お勢どのの一件、勝手な真似をいたし、まことにすみませんでした」

と、頭を下げた。

「もうよい」

外記は真中に向き直った。

「わしは、庵斎と庄内へ行く。上さまの命じゃ」

「そうでございますか」

「一月《ひとつき》あまり、留守をすることになろう」

「その間、修練怠《おこた》らず努めます」

真中は頭を下げた。

「うむ。それと、お勢のこと、守ってやってくれ」

今度は外記が、「頼む」と頭を下げた。

「お任せください」

真中は力強く答えた。

外記はうなずくと立ち上がる。真中も立つ。

真中は修練を再開した。

月明かりに照らされた外記と真中を、ばつはつぶらな瞳をくりくりと潤《うる》ませ、眺めつづけた。


翌日、外記はばつをともない、大店の隠居の扮装《ふんそう》でお勢を訪ねた。

お勢は稽古を終え、居間で三味線をひいている。

「明日旅立つ」

外記は居間の床の間を背に座った。ばつは庭を駆け回る。

「そうですか、お身体に気をつけて」

お勢は軽く頭を下げた。

「あいつの世話を頼むぞ」

外記はばつを見る。

「ええ。ですけど、寂しがるでしょうね」

お勢は縁側に出て、ばつを呼んだ。ばつは機敏に走り寄ってくる。

外記も縁側に出てばつの頭をなでた。ばつはうれしそうに尻尾を振る。

「おとなしく留守番していろよ」

ばつは、外記の言葉がわかるのか、顔を上げ外記を見ると一声鳴いた。

「真中には、気送術の修練とおまえのことを頼んでおいた」

外記はばつを抱き上げた。

「わたくしのことですか」

お勢は話題を避けるように、居間に入っていった。

「まあ、庄内へ行くとなると一月は帰れぬからな」

「わたくしのことは心配なさらないでください」

お勢はさらりと返す。

真中のことでもっと話し合おうと思ったが、なるようにしかならんと口を閉じた。

三

外記と庵斎は千住《せんじゅ》から日光《にっこう》街道を進み宇都宮《うつのみや》に到ると、奥州街道を白河《しらかわ》まで旅をした。それから、仙台を目指し、仙台道をたどった。快晴に恵まれ、順調な旅である。仙台に到ったのは、江戸を出て八日目だった。

江戸から仙台までは約百里（約四百キロ）。この時代の旅人は一日あたり男で十里（約四十キロ）から十二里半（約五十キロ）の距離を旅した。外記と庵斎は公儀御庭番川村新六と村垣与三郎を追っている。八日目に仙台に到ったのは、御庭番の旅程としてはごく普通といえた。

仙台からは、芭蕉がたどった松島《まつしま》、石巻《いしのまき》、一関《いちのせき》と進み、鳴子《なるこ》から出羽を目指した。

こうして十日後、外記と庵斎は山刀伐峠《なたぎりとうげ》をへて羽州街道に出た。街道をまっすぐ進めば、尾花沢《おばなざわ》の宿である。

尾花沢は幕府の代官所が置かれた陣屋《じんや》町だ。染料、化粧料である紅花《べにばな》の集積地として、全国に名を轟《とどろ》かせている。

そして、芭蕉ゆかりの地である。芭蕉は、尾花沢の紅花問屋島田屋《しまだや》の主人鈴木清風《すずきせいふう》を訪ねた。清風は俳諧を通じて、芭蕉と交流をもっていたのだ。

外記と庵斎は、佐藤藤佐に紹介された紅花問屋中島屋豊助《なかじまやほうすけ》を訪ねるべく道を急いだ。

紺碧《こんぺき》の空の下、はるか彼方《かなた》に羽黒山《はぐろさん》、湯殿山《ゆどのさん》とともに修験道《しゅげんどう》で有名な羽州三山の一つ、月山《がっさん》が望まれる。山頂にわずかに残雪をとどめたその雄姿《ゆうし》は、炎暑《えんしょ》の中にあっても見とれるほどに美しい。

街道わきに黄色や赤色に咲き誇った紅花畠《ばたけ》が絨毯《じゅうたん》のように広がっている。百姓女たちが陽気な歌声を響かせながら、黄色の紅花を摘《つ》んでいた。

紅花は摘み取られると、花弁《かべん》を水につけ黄色い色素をすべて洗い流し、花筵《むしろ》に包んで一昼夜寝かす。次に、桶《おけ》に移して足で踏み、小さく切って平らに伸ばし、花筵に並べて天日干《てんぴぼ》しをして紅餅《べにもち》にする。この紅餅が口紅や赤色の染料になる。

紅餅は米の百倍の値で取引された。最上川《もがみ》の舟運《しゅううん》で酒田湊に送られ、北前船で京都に運ばれるのだ。

北前船は、上方から蝦夷地《えぞち》までを瀬戸内海、関門海峡《かんもんかいきょう》をへて、日本海側の湊を結んで運航した船である。名称は、瀬戸内海に住む人々が、日本海を「北前」と呼んでいたことに由来する。

単に商品を運んで運賃を稼ぐにとどまらず、船自体が一軒の商店であった。「買積《かいづ》み船《せん》」と呼ばれ、寄港地ごとに商品の取引をおこなう。このため、船頭には操船技術とともに商才が求められた。

一航海で千両の利益を得るといわれた北前船にあっても、尾花沢の紅花はひときわ大きな利益を得る重要商品であった。

公儀御庭番川村新六と村垣与三郎は行商人に扮している。二人は大きな荷を背負い、汗をふきながら月山を見上げていた。

川村は背の高いがっしりとした体格の中年男で、村垣は中肉中背の若い男だった。二人とも、長旅で埃《ほこり》にまみれ日に焼けて赤銅《しやくどう》色の顔になっている。

外記は声をかけようか迷ったが、いまはつかず離れずがよいと、見失わない程度に距離をとった。

外記と庵斎は、街道わきにこんもりと茂った竹林に身を寄せ、涼をとった。

川村と村垣も荷を横に置き、地べたに座って煙管《キセル》を取り出す。

まだ、ここは庄内領ではない。そのためか、二人の表情には心なしかゆとりの色が浮かんでいる。旅の風情《ふぜい》を楽しんでいるようだ。

庵斎も芭蕉ゆかりの地に入ったことの記念にと、一句ひねるべく矢立てを取り出した。

竹林が揺れ、さわやかな風が頬をなでる。

川村と村垣は一服を終え、荷を背負い立ち上がった。

庵斎は句が浮かばないまま矢立てをしまった。

すると、

「こら！」

「金出せ！」

大音声《だいおんじょう》とともに、野良着《のらぎ》姿の男が四人、竹林の陰からあらわれた。鎌や鋤《すき》、鍬《くわ》を手に、川村と村垣の前に立ちはだかる。

「金出せ」

四人の中でもっとも大きな男が鎌を頭上に掲げ、凄《すご》んでみせた。野良犬のような狂気じみた光を目に宿らせている。

近在の百姓か。

旅人をねらっての追いはぎだろう。

「ご勘弁ください」

川村は言うと、村垣と荷を背負ったまま、じりじりと後ずさりした。

「金さえ出せば、勘弁してやる」

男は威嚇するように鎌を振り回した。

公儀御庭番たる者、こんなならず者を倒すことはたやすいが、それでは正体を晒すことになりかねない。

せまい村だ。江戸から来た行商人が鎌や鋤を手にしたならず者を倒したとなれば、たちまち噂を呼び、ただ者ではないと評判が立つだろう。

外記は、川村と村垣が対処に苦慮していることがよくわかった。かといって、自分がならず者を成敗《せいばい》するわけにもいかない。外記と庵斎は顔を見合わせた。

外記が思案していると、

「狼藉者め！」

背中で叫び声がし、一人の侍が外記と庵斎のわきを走り抜け、ならず者たちの前に立った。ならず者たちは虚《きょ》を衝《つ》かれ、動きを止める。

「狼藉者、引け」

侍は静かに告げた。

「お侍、どいたほうが身のためだ」

大男は不敵な笑みを浮かべると、鎌を頭上に掲げた。

侍は落ち着いた所作《しょさ》で、大刀《だいとう》の柄の先を大男の鳩尾《みぞおち》にめり込ませた。

大男は、鎌を落とし苦しげにうずくまる。残る三人はおろおろしはじめた。

「行け！」

侍は大刀を抜いてみせた。ならず者たちはうずくまった大男を起こし、肩を貸しながら逃げていった。

「大丈夫か」

侍は、川村と村垣を振り返る。

「ありがとうございます」

二人は、どちらからともなく頭を下げた。

「手前ども、江戸からまいりました酒問屋武蔵屋《むさしや》の手代《てだい》で新助《しんすけ》と申します」

年上の川村が新助と名乗り、村垣のことを、

「同じく手代の与蔵《よぞう》でございます」

と、紹介した。

「ほう、江戸から。ふむ。拙者《せつしゃ》は庄内藩の調度品を管理する御納戸方《おなんどかた》の引田正三郎《ひきたしょうざぶろう》じゃ。これは、藤吉《とうきち》」

引田のかたわらに、小者と思われる長身の男がやってきた。背に風呂敷包みをかついで

いる。

藤吉は日に焼けた顔に白い歯を覗かせ、長身を折り曲げた。目が暗く澱み、生気が感じられない男だ。長身と相まって、うどの大木を思わせる。

川村と村垣は挨拶を返した。

「庄内藩のお武家さまですか。それは、それは」

川村はにこやかに言うと、村垣と顔を見合わせ、

「手前どもも商いで鶴岡と酒田に行くところでございます」

と、言い添えた。

「それは奇遇《きぐう》じゃ。袖《そで》振り合うも多生《たしょう》の縁と申す。庄内領まで同道いたそう」

引田は顔をほころばせた。

「それは、心強うございますが、ご迷惑ではないでしょうか」

それまで二人のやりとりを笑顔で見ていた村垣が口をはさんだ。

「迷惑などではない。遠慮、致すな」

引田は笑みを深めた。

川村は上目遣いとなって、

「御納戸役というお役目がら、江戸の商人と旅をするというのは、外聞が悪うはございま

せぬか」

　すると引田は笑みを引っ込め、

「わしはな、自分の仕事ぶりに自信と誇りを持っておる。他人から何を言われようと気にせぬ」

　ここで藤吉が、

「まこと、旦那さまはご立派なお方ですよ。お近づきになったらええですわ」

　川村と村垣は顔を見合わせ、軽くうなずき合うと、

「それでは、お言葉に甘えまして」

　川村が頭を下げ、村垣とともに引田と藤吉について歩きはじめた。

「川村と村垣にとっては、渡りに船でございますな」

　庵斎は彼らの後ろ姿を眺めた。

「まったく、親切な船に乗り合わせたものだ」

　外記は歩きはじめた。

　外記と庵斎は宿場《しゅくば》の北方にある養泉寺《ようせんじ》に入った。

　慈覚大師《じかくだいし》（円仁《えんにん》）開山《かいさん》と伝えられる天台宗の寺だ。芭蕉が尾花沢に滞在した折、鈴木清

風の屋敷とともに逗留した寺でもある。

外記と庵斎は蟬時雨《せみしぐれ》に降り込められながら、山門をくぐった。

「おや」

外記は思わず立ち止まった。

「いかがなされた」

庵斎が聞くと、外記は境内《けいだい》を指差す。

「芝居ですか」

木立に囲まれた境内の真ん中に幔幕《まんまく》が張りめぐらされ、舞台と筵《むしろ》敷きの見物席が用意されていた。見物席には客が半分ほど詰めかけている。

と、そのとき、

「これは、いつぞやの」

外記の背後で男の声がした。

「おお、これは」

菊田助三郎と小雪である。

「ご当地で興行を」

外記が聞くと、

「紅花問屋中島屋さんのご厚意で、興行を打たせていただいております」

助三郎が言うと小雪は、

「ご隠居さまもお芝居ご覧になってください」

と、新雪のように汚《けが》れのない笑顔を外記に向けた。

「そうじゃな。そういたしますか」

外記は庵斎を俳諧の師匠であると紹介した。助三郎と小雪もそれぞれに名乗り、不忍池のほとりで外記に助けられたことを語った。

「それでは、芝居の仕度がございますので」

助三郎と小雪は頭を下げ、舞台のほうへ歩いていく。

「めずらしや雪にしみいる蟬の声」

外記は思わず、芭蕉の句をもじった。

それほどに小雪の美しさは匂い立っている。

四

菊田一座の芝居は「仮名手本忠臣蔵《かなでほんちゅうしんぐら》」のおかる勘平《かんぺい》の道行《みちゆ》きだった。小雪がおかる、助三郎が勘平を演じた。

御殿女中おかると逢引きしていたため、御家の大事に居合わせなかった早野勘平がおかるの実家がある山城国山崎へと落ちのびてゆく場だ。矢絣《やがすり》模様の小袖を身に着けたおかると黒紋付きを着流した勘平が花道から現れ、舞台中央に立った。

菜の花が咲き誇る春景色、遠く富士山が描かれた背景の前で勘平は主君塩冶判官《えんやはんがん》への申し訳なさから切腹しようとする。それをおかるが止める、忠臣蔵でも人気の場面が演じられた。

小雪のおかるは、まさに見物客の視線を一身に集めた。助三郎演ずる勘平から刀を取り上げ、短気を起こさず自分の在所へいっしょに落ちのびてくれ、あなたを亭主として十分暮らしが立つようにしてみせると口説《くど》いた。

見物客は熱い視線を注ぎ、芝居が終わると万雷の拍手を送った。歓声に押されたのか、蟬も声をひそめたほどである。

「ひとまず、旅籠《はたご》に行きましょうか」

庵斎は芝居の余韻《よいん》が残る境内を見渡し、

「涼しさを我宿《わが》にしてねまる也《なり》」

と、尾花沢で芭蕉が詠んだ句をつぶやいた。

すると、川村と村垣が、

「芭蕉の句ですね」

と近寄ってきた。荷を背負っていないところを見ると、旅籠に置いてきたのか。

「さようにございます。芭蕉翁がこの地で詠んだ句ですな」

庵斎が言うと、

「さきほどは、危ないところでしたな」

外記がつづけた。

「見ていたのですか。いやあ、まったくで」

村垣が頭を掻くと、

「手前は、江戸の小間物問屋相州屋の隠居で重吉と申します。こちらは俳諧の師匠村山庵斎先生です」

外記は庵斎と芭蕉を偲ぶ旅の途中であると言い添えた。

「ほう、芭蕉を偲んでの旅ですと」

引田が横に来た。藤吉はいない。荷がないことから、旅籠に残してきたのだろう。

「これは、さきほどのお侍さま」

外記はにこやかに頭を下げる。

「拙者も、近ごろ俳諧に凝っておってな。とくに芭蕉翁の句には興味があるのじゃ」

引田も笑みを返した。

「そうですか、ご当地の紅花問屋中島屋さんに、これからうかがうところです。中島屋さんのご主人豊助さんもえらく俳諧好きとかで」

庵斎が言ったとき、境内がざわめいた。

芝居の余韻を楽しむように残っている見物人のあいだで、争いが起きている。筵敷きの真ん中で、浴衣姿の大男が数人を相手に暴れていた。

大男は浴衣の前をはだけ、なにごとかわめきながら群がる男たちを蹴飛《けと》ばしたり、殴り飛ばしたりしていた。小坊主が出てきて必死でなだめるが、大男は止まらない。

「しょうのないやつめ」

引田は大男に向かった。すると、大男に跳ね飛《はと》ばされた男が引田にぶち当たった。引田は雪駄《せった》履《ば》きの足を踏まれる。侍に対する無礼を働いたと男が両手をついた。

村垣が大男に立ち向かった。が、大男の餌食《えじき》になっただけだ。村垣は張り手を食らって吹っ飛ぶ。

「いい加減にしろ」

引田が大刀の柄に手をかけた。そのとき、

「こら、なに暴れてるだ！」

若い男がやってきた。縞《しま》柄の木綿の着物を着流し、紺色の前かけをしている。商家の番頭といった風だ。若い男は、丁稚《でっち》を三人引き連れ大男の前に立ち、

「五助《ごすけ》、やめれ！」

と、両手を広げた。五助は若い男をしばらく睨みつけていたが、

「ふん、おもしろくねえ」

踵《きびす》を返し、境内から出ていった。それを見届けると、若い男はほうぼうに頭を下げ、五助に怪我《けが》をさせられた男たちに銭を渡して歩いた。渡し終えてから、

「これは、ご挨拶が遅れました」

引田の前に来てていねいに頭を下げる。

「手前、当地で紅花問屋をいとなみます中島屋豊助のせがれ、市助《いちすけ》でございます。いま、みなさまにご迷惑をおかけしましたのは、恥ずかしながら弟の五助でございます」

市助は汗にまみれた蒼白《あおじろ》い顔を上げた。

弟と正反対の、鶴のように痩せた男だ。

「気遣い無用」

引田は身分を語った。引田が庄内藩士《はんし》と聞き、市助は米つきばったのように何度も頭を

下げる。

「拙者、江戸からまいった村山庵斎と申します」

庵斎は、佐藤藤佐の紹介状を見せた。

「父を訪ねてまいられたので。それは遠いところを、よくぞお出《い》でくださいました」

市助は前かけで汗を拭い、

「いかがです。みなさま、当家に」

と、みなを誘った。


という次第で、外記と庵斎のほかに川村、村垣に加えて引田も中島屋にやってきた。

さすがは、尾花沢有数の紅花問屋だ。

間口《まぐち》十間《けん》（約十八メートル）はあろうかという堂々たる店構えは、瓦葺き二階建て、漆《しっ》喰《くい》塗《ぬ》りの壁という塗屋造《ぬりやづく》りである。

夏の日差しを受けた瓦が、まぶしい輝きを放っている。

紺地木綿の暖簾《のれん》には白地で中島屋の屋号が染め抜かれていた。店先には涼をとろうと打ち水がしてあったが、そよとも揺れぬ暖簾は、暑さが宿場全体を包み込んでいる様子を如《にょ》実《じつ》に表していた。

「みんな、お客さまだよ」

市助は、開け放たれた格子戸に垂れる暖簾を上げた。

引田を先頭に、庵斎、外記、川村、村垣の順で中に入る。

店の真ん中を通り土間が走っていた。

右側に十五畳ほどの座敷があり、帳場机に初老の恰幅《かっぷく》のよい男が座っている。男の前には身なりのととのった中年の男が座していた。二人は、帳場格子越しに熱心に商談を交わしている。

左側には、客をもてなすための座敷が三間連なっている。

「これは、いらっしゃいませ」

帳場机に座っている恰幅のよい男が顔を向けてきた。

男は、商談が中断することを詫《わ》びるように、目の前に座った男に頭を下げると、

「中島屋の主人豊助でございます」

と、座敷の端まで出てきて頭を下げた。市助は豊助のかたわらに屈《かが》み、耳打ちした。豊助はうなずきながら聞き終え、

「それは、それは、とんだ失態を」

深々と頭を下げてから、

「奥にお通しして」

と、市助にささやいた。

市助は、「どうぞ、こちらへ」と、腰を屈めながら通り土間を奥に向かって歩いていく。

大勢の使用人が忙しく働いている。

店の裏手に出た。大八車《だいはちぐるま》に積まれた紅餅が蔵に運ばれていく。一方では、最上川の水運にのせようとする紅餅が裏門から運び出されていた。

外記たちは、邪魔にならないよう庭のすみを歩いた。

板塀にそって歩くと母屋があった。玄関に入り、外記たちは庭に面した座敷に通された。

十五畳の座敷は床の間、違い棚がもうけられた書院造《しょいんづく》りである。床の間には雪舟《せっしゅう》作の水墨画がかけられ、青磁の花瓶にはミヤコワスレが挿され、香炉がほのかに香っていた。

枯山水《かれさんすい》の庭の白砂が日差しを受け、うだるような暑さを宿らせている。板塀から覗く竹林では、外記たちを出迎えるように蟬時雨の大合唱が奏でられていた。

「すぐに豊助がまいりますので」

市助は頭を下げると、座敷から出ていった。

「いや、なかなかに立派なもんですな」

外記は顔をほころばせた。みな、感嘆したようにうなずく。

五

やがて豊助が恰幅のよい赤ら顔を現した。

「みなさま、五助のやつがとんだご迷惑をおかけしまして」

豊助は縁側で両手をついてから、座敷に入った。

「まあ、中島屋、すんだことだ」

引田は鷹揚《おうよう》な表情をつくった。豊助は恥ずかしげに身体を縮め、何度も頭《こうべ》を垂れる。

縁側を踏みしめる大きな足音が近づいてきた。

「失礼いたします」

市助が五助をともない縁側で正座した。

「五助、みなさまにお詫び申し上げるんだ」

豊助はけわしい表情を送った。市助も無言でうながす。五助は大きな身体を窮屈そうに屈め、

「みなさん、申し訳ございませなんだ」

浴衣の背中が汗でべったりと張りついている。

「どうぞ、勘弁してやってください」

豊助はふたたび頭を下げた。市助も下げる。

「もうよい。すんだことだと申すに」

引田は右手を振り、外記たちを見回した。外記たちも柔和な表情を返した。

豊助は頭を上げ、市助を見た。市助はもう一度頭を下げると、五助をともない去った。

「いやあ、あれには、本当に困っております」

豊助は、愚痴《ぐち》になりますがと、五助のことを話し出した。

五助は力士をこころざし、江戸に出た。新庄藩戸沢《とざわ》家のお抱え力士となり、小結《こむすび》まで昇進したが、酒の上の乱行《らんぎょう》により廃業に追い込まれ、この四月に尾花沢に戻ってきたという。

「まあ、わたくしが甘やかしたのがいけなかったのです。家に戻ってからは、なにをするでもなく、酒を飲んでは暴れるといったことを繰り返しております。わたくしも、相撲が取れなくなった悔《くや》しさを思い、つい甘やかして」

豊助は汗まみれの赤ら顔を手ぬぐいで拭った。

「ご主人、市助さんはしっかりした跡取りではないですかな」

外記は微笑を浮かべた。

「市助ですか。まあ、商いのほうはしっかりやっておりますが」

豊助はわずかに顔を曇らせた。外記は、豊助の奥歯に物の挟まった物言いに不審の念を抱いたが、

「お詫びと申してはなんでございますが」

豊助が立ち上がったので、それきりとなった。

「いいよ、準備なさい」

豊助は縁側に立って大声を出した。

ついで、座敷の襖を開ける。十畳の座敷があった。

丁稚が急ぎ足でやってくる。丁稚は襖を取り払い、居間と合わせて二十五畳の座敷にした。

日が斜めに傾き、竹林の影を白砂から縁側にまで引かせた。軒に吊《つ》るされた風鈴が鳴りはじめ、ようやく涼風が立つ。女中が膳《ぜん》を運んできた。

「ささやかではございますが、どうぞ」

豊助は外記たちをうながした。

「せっかくですから」

外記が応じると、みな顔をほころばせる。

膳がととのい、宴《うたげ》となった。

外記は下戸であると断ると、酒の代わりに番茶と地元のあんこ餅《もち》が用意された。

「そうそう、村山先生は俳諧師でいらっしゃいますね」

豊助は庵斎に笑顔を向けた。

「いかにも。ご当地には芭蕉翁を偲んでまいりました」

庵斎はうまそうに盃《さかずき》を飲み干す。

「では、当地が格別芭蕉翁と縁《ゆかり》が深いところであることはご存じですな」

豊助は庵斎を見た。

「もちろんです。芭蕉翁は、尾花沢に十泊もしておりますな。ほかに立ち寄った名所、旧跡と比べ、格段に多い」

庵斎が言うと、川村、村垣、それに引田も興味深げな視線を向けてきた。

「夏草や兵《つわもの》どもが夢の跡、五月雨《さみだれ》の降《ふり》のこしてや光堂《ひかりどう》、この名句を残した平泉《ひらいずみ》ですら朝、一関の宿を出て夕方には宿に戻っています。いかに、尾花沢を気に入ったのかがわかろうというもの」

庵斎は岩魚《いわな》の塩焼きに箸を伸ばした。

「それは、いかなるわけでござる」

引田は首を上座から伸ばす。

「当地に鈴木清風という、俳諧を通じて昵懇にしておられた御仁《ごじん》がおったからです」

豊助は答えてから、確認を求めるように庵斎を見た。

「いかにも、ご主人が申されるとおりです」

庵斎は豊助の顔を立てておいてから箸を膳に置き、

「しかし、それだけではござらん」

と、座敷を見回した。みなの視線がふたたび庵斎に集まる。庵斎は上機嫌で鼻をふくらませ、

「芭蕉翁が十日も滞在されたのは、銀山温泉に湯治《とうじ》に行かれたからです」

「なんだ、湯治か」

村垣は苦笑した。

「いやいや、ただの湯治ではござらんぞ。銀山温泉といえば、延沢《のべさわ》銀山です」

庵斎が心外だとばかり早口になると、

「しかし、延沢銀山はとうに閉山しておるはず。芭蕉のころはまだ採掘されておったのか」

引田が聞いた。

「いや、芭蕉翁のころも閉山しておりました」

庵斎は涼しい顔で答える。

みな不思議そうな顔で、酒を飲みはじめた。

「芭蕉翁は延沢銀山周辺の山々を調べて歩いた。そもそも、『おくのほそ道』とは陸奥《むつ》、出羽の銀山、金山を探す旅であったのです」

得意げに庵斎が言うと、

「そんな馬鹿な」

豊助は大きくかぶりを振った。

「いやいやわたくしの今度の旅は、それを立証せんとする旅でござる」

庵斎は外記を見た。

外記は番茶を膳に置き、黙って微笑んだ。

「それは、興味深うござるな」

引田が目を輝かせ、

「して、芭蕉は銀山のありかをいずこと」

問いかけたところで、

「さあ、さあ、こっちへ」

市助の声と複数の足音が近づいてきた。

「みなさん、宴に花を添えますよ」

市助は菊田助三郎と小雪をともなっている。

夕陽が小雪の横顔を茜に染めた。助三郎と小雪は縁側で両手をつく。

「おう、いいところへ来た」

豊助は赤ら顔を酒と夕陽でさらに赤く染め、助三郎と小雪を手招きした。

小雪は薄桃地に紅花をちりばめた小袖に紅色の帯を締め、勝山髷《かつやま》に結った髪には銀の花《はな》簪《かんざし》を挿している。その可憐な姿は、座敷をあっというまに華やいだ空気に包んだ。

庵斎も引田も話を止め、小雪の艶《あで》やかさに目を奪われる。

助三郎と小雪は座敷の真ん中に進むと、

「本日はお招きいただきましてありがとうございます」

と、両手をつき、ついで踊りを披露しはじめた。

市助は目尻を下げ、鼻の下を伸ばし小雪を眺めている。昼間の真面目な態度とは別人だ。

外記は、市助のことを聞かれた豊助が、わずかに顔を曇らせた原因がこのへんにあるのではないかと思った。

六

それからしばらくして、五助がやってきた。

五助は遠慮がちに入ってくると、座敷のすみに用意された膳の前に座った。

「おとなしく飲むんだよ」

市助は小雪を横にはべらせ、うわずった声で五助を見た。五助は、舌打ちするとうつむく。

半刻（約一時間）ほど、引田と川村、村垣、豊助は庵斎を囲んで、芭蕉の隠し銀山探索について夢中で語り合った。

庵斎は芭蕉の出自が伊賀であり、先祖は忍者の家系であることを諄々《じゅんじゅん》と説いた。みな、半信半疑ながら、感心して盃を重ねている。

「しかして、わたしは庄内領のいずこかに隠し銀山があると考える」

庵斎は酒と自説に酔い、頬を火照らせた。

「ほう」

引田は庄内領と言われ、わずかに身を乗り出した。

「わたしは『おくのほそ道』をもとに、その場所を探り当てるつもりです」

庵斎は絶好調である。

「おもしろそうですな」

川村も盃を重ねた。

ふと気がつくと、市助と小雪の姿がない。市助の膳から徳利《とつくり》と盃がなくなっていた。市助は酒を持ち、小雪をともない、どこかへ姿をくらましたのだろう。

菊田助三郎は庵斎たちの輪の中に入っている。外記は、一人ぽつんと盃を重ねている五助の前に座った。

「小結までいったそうじゃな」

外記は酌《しやく》をしてやった。

「ええ、まあ、ちょっと暴れて、これですよ」

五助は手で首を切る所作をした。

「兄貴は？」

空席となった市助の席を見やる。

「ふん、いつもの病気です」

五助は空になった盃をもてあそんだ。

「これか」

外記は小指を立てた。

五助はニヤニヤしながら、市助の女ぐせの悪さを語り出した。市助の妻は亭主のたび重なる浮気に嫌気がさして、実家に戻っているという。

「なにしろ、兄貴ときたら、ちょっといい女と見ると手当たり次第だ。温泉の芸者、中島屋の女中、船問屋の娘。まったく、いい歳をして盛りがついた猫のようだ」

五助は岩のような身体を揺すった。

「すると、小雪も」

外記が言うと、

「おおかた、京の紅や小袖をやるとか言って、自分の部屋に連れ込んだんだろう」

五助は下卑《げび》た笑いを浮かべた。

外記は苦笑すると、厠《かわや》の所在を聞いた。五助は縁側に出て母屋の裏手の板塀近くだと教えた。

「途中に、兄貴が寝起きしている離れ家があるんです。いまごろ、兄貴は娘を連れ込んでますよ」

と、右目を瞑《つむ》ってみせた。

外記は、夕映えが残った裏庭に出ると板塀にそって道をたどり、厠に向かう。

途中、瓦葺きの離れ家がある。母屋とは十間ほどへだたっていて、敷石でつながっていた。

外記は離れ家の前を通り、厠へ向かう。

離れ家は、正面に両開きの開き戸がもうけられ、残る三面に格子窓がはめ込まれていた。涼をとるためか、開き戸は開けられている。

夕陽が差し込み、市助と小雪の姿が見て取れた。市助は、花鳥風月をあしらった友禅染《ゆうぜんぞめ》の小袖を広げ、小雪に見せている。かたわらには、徳利と盃が二人分置いてあった。

外記は用を足すと、今度は足早に離れ家を通りすぎた。かすかに、市助の酒に酔った声が聞こえる。

座敷に戻ると、

「口説いていたでしょ」

五助は、またも下卑た笑いを向けてきた。

言葉をにごし、外記は飯を食った。山菜の強飯《こわめし》だ。

「ほう、ご隠居さん、なかなかやるね」

五助は外記の健啖ぶりに感心し、

「よし、おれも食うぞ」

と、おひつを持ってきた。

外記と五助はおひつを空にした。

「あ〜あ、食った、食った」

五助は満足げに腹をさすると、

「どれ、腹の物を出して、もっと食うか」

と、厠に立つ。

それからしばらくして、

「こら、兄貴、いい加減にしろ！」

五助の怒鳴り声が聞こえ、開き戸が乱暴に閉じられる音がした。

「けっ、兄貴のやつ、怒りやがった」

五助は肩をそびやかしながら戻ってきた。それから、おひつの代わりを女中に頼み、

「ご隠居さん、まだいけるだろ」

と、挑むように言ったが、

「いや、わしはもう」

外記はさすがに断った。

四半刻（約三十分）ほど経過して、五つ（午後八時）を告げる鐘の音がした。

「それでは、わたくしどもはこれで」

菊田助三郎が立ち上がった。

「おや、小雪は」

助三郎は小雪の姿を探し求める。

「おれが呼んできてやるよ」

五助が腰を上げた。助三郎がつづく。外記も小雪のことが気になり、追いかける。

月明かりと星のまたたきの中、五助は敷石を跳ね渡り、離れ家の開き戸を叩いた。

「兄貴、娘が帰るころだぞ」

が、返事は返ってこない。五助は開き戸の前に立ち、外記と助三郎を振り返った。助三郎は心配げな顔で様子をうかがっている。

「兄貴、開けろ！」

五助は怒鳴った。返事はない。

五助は外記と助三郎を見た。外記は五助の隣に立ち、開き戸を押した。が、

「閂《かんぬき》をかけてらあ」

五助が言ったように戸は動かない。

五助は右手に力を込めるように顔をゆがめたが、開き戸は開かなかった。

「しょうがねえ」

五助は巨体を沈めると、猛然《もうぜん》と開き戸に体当たりを食らわせる。五助の身体は開き戸の中に吸い込まれた。外記も五助につづいて離れ家に飛び込む。

「これは……」

外記は目を見張った。

離れ家の中は八畳の座敷になっている。座敷の四方には、燭台の蠟燭がともされていた。入って右手の格子窓の下に、文机と手文庫《てぶんこ》、簞笥《たんす》が並んでいる。

部屋のすみには蒲団《ふとん》がたたまれ、枕屛風《まくらびょうぶ》で隠されていた。

部屋の真ん中には緋毛氈《ひもうせん》が敷かれ、そこに友禅染の小袖、べっこう細工の簪、笄《こうがい》、櫛《くし》、紅が置いてある。

そして、市助と小雪が倒れていた。

小雪はうつ伏せで倒れ伏し、市助もうつ伏せに倒れている。市助の背には脇差が突き立てられ、真紅の血が緋毛氈にどす黒い染みとなって残っていた。

二人のかたわらに倒れた徳利と盃、それに火鉢《ひばち》が転がっている。夏の最中である。火鉢に火はおこされていない。ただ、灰が飛び散り、毛氈と畳を汚していた。

「小雪」

助三郎は小雪を抱き起こす。小雪の小袖は紅花模様が血痕《けっこん》で塗りつぶされ、まるで返り血を浴びたようである。

「小雪」

助三郎は激しく身体を揺すった。

「座長さん」

小雪は薄く目と口を開けた。

「無事だったか」

助三郎は安堵のため息を洩《も》らし、毛氈にへたり込んだ。

が、安堵するのは早かった。

「おめえ、兄貴を殺したな」

五助が小雪の前に立ちはだかったのだ。

七

「そんな、わたくしは」

小雪は市助の遺体に目を向けた。

「小雪が人を殺《あや》めるなど」

助三郎は小雪を背中にかばった。

「この部屋を見ろ」

五助は部屋の中を見回す。

部屋の三方の壁は格子窓があるだけで、人が出入りできる余地はない。出入りできるのは正面の開き戸だけである。ところがその開き戸には、中から閂がかけられていた。

「これだ。見ろ」

五助はへし折られた閂を持ち上げた。閂は真ん中から真っ二つになっている。五助の体当たりで折れたのだろう。

五助は閂がかけられていた以上、離れ家に誰も出入りできなかったことを強調した。

「だから、この部屋には兄貴とおまえしかおらんかった。兄貴を殺したのはおまえ以外おらん！」

五助は怒鳴った。

「わたくしは知りません。眠っておりました」

小雪は笑みこそ消していたが、たじろぐこともなく可憐な表情を保っている。

提灯のあかりが近づいてきた。

「どうしたのだ」

豊助は言うと、部屋の中の惨状《さんじょう》を目の当たりにし、絶句する。

「ともかく、座敷に戻りましょう。ご主人、番所へ使いを出しなさい」

外記は豊助の肩を叩いた。

豊助は肩を落としたが、五助に支えられながら座敷に戻った。呆然《ぼうぜん》とする豊助に代わって、五助が使用人を番所に走らせた。

助三郎と小雪をともない、外記は座敷に戻る。

離れ家は、役人が来るまでそのままにしておかれた。

座敷の真ん中では、五助が引田や川村、村垣に離れ家の惨劇を語った。もちろん、

「あの女が殺した」

と、結論づけた。ついで、

「紅花問屋の跡取りが、紅花には棘《とげ》があることを知らなかったとはな」

皮肉げに言った。

小雪が着ている紅花をあしらった小袖に引っかけての、悪い冗談である。小袖は市助が与えたのだともつけ加えた。

「いったい、なにがあったのじゃ」

外記は小雪と助三郎をともない、縁側に出た。かたわらに庵斎もやってくる。

「市助さまに珍しい京土産《みやげ》があるから見せてあげようと、誘われたのでございます」

小雪は、市助に誘われるままに、離れ家に行ったのだという。

市助は尾花沢に来てからなにかと世話を焼いてくれた。芝居の興行も、市助が養泉寺にかけ合ってくれたのだという。

「離れ家で、きれいな友禅染の小袖や、小間物の数々をお見せくださいました」

燭台の蠟燭が、小雪の白い顔と血染めの小袖を揺らめき照らしている。血染めの乙女は妖艶《ようえん》な香を立ちのぼらせていた。

「それから、お酒をいただきました」

小雪は盃の酒を飲んでしばらくして、

「あとは覚えておりません」

助三郎に抱き起こされるまで、気を失っていたのだという。

外記は離れ家から徳利を持ってきていた。徳利には、いまだ少量ではあるが酒が残っている。

「眠り薬が入っておる」

外記は庵斎に見せた。庵斎は掌に酒を一滴たらし、舌で味わうように嘗《な》める。

「たしかに」

庵斎は顔を上げた。

「すると、市助はあんたに眠り薬を飲ませ、手籠《てご》めにしようと」

外記が言うと、助三郎は舌打ちし、小雪は目を伏せた。

「言い寄られはしなかったのかい」

助三郎はやさしく聞いた。小雪は首を振り、

「ただ、土産物をお見せくださっただけです」

と、さきほどの証言をくり返した。

「お役人がまいられたら、いま申したことをそのまま申し上げればよい」

外記は励ますように笑みを浮かべ、座敷の中に入った。

「ご主人、なんともはや」

外記は、座敷のすみでうなだれている豊助のかたわらに座った。

「まったく、度の過ぎた女好きが仇《あだ》になりました」

豊助は力ない声を出した。ついで、

「中島屋もこれでおしまいか」

肩を落とし、深いため息を吐《つ》いた。拳を握り、畳を何度か叩いた後、天を仰ぎ絶句する。

「五助さんがおられるではござらんか」

外記は五助を見た。

五助は座敷の真ん中で胡坐をかき、市助の女ぐせの悪さを引田や川村たちに吹聴《ふいちょう》している。引田たちは思いもかけぬ惨劇に遭遇《そうぐう》したことで足止めを食らい、戸惑いの表情が消えない。

「あれがこの家を継げると思いますか」

豊助は、五助のことを勘当するつもりだったと語った。

この時代、家族の者が罪を犯せば、連座制でわざわいが家全体に及ぶ。したがって、大店などでは、不出来でわざわいをもたらす恐れがある子どもを勘当し、人別帳《にんべつちょう》から籍《せき》を抜く処置をとることは珍しくない。

まさしく、五助は中島屋の身代《しんだい》を潰《つぶ》しかねない不肖《ふしょう》の息子である。いまは、金で解決できる程度の暴力沙汰《ざた》ですんでいるが、この先、代官所の世話になるような事件を起こす恐れは十分ある。

「ですから市助と相談して、近々に勘当を申し渡すところだったのです」

豊助は舌打ちした。

「そのこと、五助さんは知っておりますか」

「うすうすは。いえ、市助と座敷でそのことを話しておったとき、盗み聞きされたのでは、と思っております」

豊助は肩をすくめた。

「市助さんの女ぐせの悪さというのも、ご心配でしたでしょう」

「それはもう。しかし、親馬鹿といえばそれまでなんですが」

豊助は、市助が女にだらしないのは自分の血を引いたせいであろうと言った。豊助は若くして妻と死別した。それから、後添《のちぞ》いはもらわず、必要に応じて女を囲ってきた。

「しかし、こう申してはなんですが、わたしも市助も商いに障《さわ》るような遊びはしておりません」

と、うつむいた。それからため息を吐き、

「いくら嘆いても詮《せん》ないことですな。後悔先に立たず、です。さて、今後のことを思案せねばなりません。商いを続ける算段をせねば……。あの馬鹿、今度こそ心を入れ替えて商いに精進してくれればいいのですが。いや、わたしが意地でも改心させなければ……」

五助をぼんやりと眺めやった。すると、

「旦那《だんな》さま」

使用人が番所の役人を案内してきた。

「中島屋どの、いや、驚きましたぞ」

初老の男は、座敷に顔を見せるなり言った。代官所の役人で土田三五郎《つちださんごろう》と名乗った。

土田は小者を一人連れている。豊助は、ていねいに頭を下げると、手丸提灯を片手に離れ家に案内する。

外記たちは豊助が土田と戻るまで、座敷で待機させられた。

しばらくして、土田が戻ってきた。

「仔細《しさい》は中島屋どのからうかがった」

土田は言うと、蒼白い顔で座敷に入る。

引田と川村、村垣は事件に関係なしとみなされ、身分と宿泊先の旅籠を告げたうえ、宿に帰ることを許された。引田たちは安堵の表情を浮かべ、中島屋をあとにした。

「さて、と」

土田は残った者を座敷に集めた。

「お役人さま。兄を殺したのはあの娘に相違ございません。現場がなによりも物語っております」

聞かれもしないのに五助は巨体を揺らし、浴衣を汗まみれにしてわめきたてた。

八

「まあ、待て。落ち着け」

土田は五助を制した。ついで、外記と庵斎に視線を向けてくる。

「こちら、江戸からの客人で、俳諧師の村山庵斎先生と門弟で小間物問屋のご隠居相州屋重吉さんです」

豊助が紹介すると、庵斎は懐中から書付を取り出し、差し出した。

「ほう、佐藤藤佐どのの紹介状か」

土田が納得したようにうなずくと、庵斎は芭蕉を偲ぶ旅路であることを言い添えた。

「では、ええっと、相州屋重吉とやら」

土田が視線を向けてくると、外記は厠に立ち、離れ家を眺め、開け放たれた開き戸から市助と小雪が話をしているのが見えたことを証言した。

次に土田は五助を見て、

「その後、五助が厠に立ち、離れ家を覗いたのだな」

「そうです。兄の女ぐせの悪さったらないです。今晩、お客人がいらしていながら、小娘と乳くり合っている。それで、一言、意見してやろうと中に入っていったのです」

五助が答えると、

「知りません。こんな人、入ってきませんでした」

小雪は身を乗り出した。

あわてて助三郎が制する。

「おまえは、眠っておったではないか」

五助は語気を荒らげた。ついで、

「それで、兄に意見してやりました。兄はむくれてわたしを追い出したのです」

市助は、「邪魔するな」と言って五助を追い出すと、開き戸を激しく閉め切ったのだという。

「意見してやると息巻いたわりには、おとなしく引っ込んだのだな」

外記が鼻で笑った。五助は頰をどす黒くふくらませ、

「邪魔するな、勘当してやるぞ、と脅《おど》されたんで。わたしも、勘当はされたくありませんからね」

と、豊助を見た。

豊助は、五助の視線から逃れるようにうつむく。

「では、旅芸人菊田助三郎一座の役者、小雪」

土田は小雪の尋問をはじめた。

小雪は落ち着いた所作で、外記に語ったと同様、市助に誘われ、京土産を見ただけであること、酒を飲まされ気を失ったことを語った。

土田は小雪の無垢な瞳に吸い込まれそうになったが、気を取り直すように、

「しかしながら、そのほうが市助を殺したのでないとすると、市助はいったい誰が殺したのじゃ」

小雪は、「わかりません」と小首をかしげるばかりである。

「ともかく、番所に同道いたす」

土田は小者に命じて小雪に縄《なわ》を打とうとしたが、小雪の美しさに躊躇《ちゆうちよ》したか、そのまま連れていくよう命じた。

やがて、小者が数人やってきて、検視のため市助の遺体を引き取っていった。

土田は豊助に悔やみの言葉を述べ、座敷を出た。

すかさず外記が追い、店を出たところで徳利を渡し、眠り薬が入っていることを確かめてほしい旨、依頼した。

外記と庵斎は、豊助の厚意で中島屋に宿泊することになった。居間に蒲団と蚊帳《かや》が運び込まれ、床《とこ》が用意された。

庵斎は、旅の疲れと酔いで蒲団に入るなり、鼾《いびき》をかきはじめる。外記は頭が冴《さ》えわたり寝つけない。市助殺しの一件が脳裏をよぎり、睡魔《すいま》を追い払う。

状況は五助に言われるまでもなく、小雪が市助を殺したことを物語っている。いや、小雪以外に市助を殺すことができた人間はいないことを物語っていた。

まず、市助は背中を脇差で刺し貫かれていた。これは自害ではないことを示している。

次に、離れ家に出入りすることは誰にもできなかった。

三面の壁には格子窓があるほか、人が出入りできる余地はない。その格子窓にしても破損の形跡は一切なかった。出入りできるのは正面の開き戸であるが、その開き戸には閂がかけられていた。

市助は自害でなく殺されたのであり、離れ家は何人《なんぴと》の出入りも不可能であった以上、小雪以外に下手人は考えられない。

が、外記は引っかかる。喉に魚の骨が引っかかったような心持ちだ。

魚の骨とはなんだ？

可憐な小雪の存在か。

たしかに、小雪が人を刺殺することに対する違和感がある。無垢な乙女と脇差による惨《ざん》殺《さつ》、この不釣り合い。

しかし、自分の純潔を守るためなら、それも……。

市助に言い寄られ抵抗するうちに、はずみで殺してしまった。

では、眠り薬はどう説明する？

酒に眠り薬を仕込んだのは市助であろう。目的は、小雪を眠らせ自由を奪い、欲望を遂げることであったのにちがいない。現に小雪は眠り込んでいた。

すると、どうやって市助を殺したのか。

市助を殺してから眠り薬を飲んだ。こう考えれば説明はつく。

しかし、なんのために？　しかも、閂がかけられた状況で。まるで、殺したのは自分と言っているようなものではないか。

小雪が殺したのではない。

外記は悶々《もんもん》と寝返りを打ちつづける。

ついには、蚊帳を抜け出し、離れ家に向かった。月明かりを頼りに中に入る。

すると、

「いたっ！」

外記は左足を何かにぶつけてしまった。思わず座り込み、左足の小指をさする。月の蒼白い光に火鉢が照らし出された。市助の血痕が残った緋毛氈も、不気味に照らされている。

外記は、

——わかった。これが魚の骨だ。

と、火鉢をさすった。


翌朝、外記は豊助と面談し、自分の考えを述べた。驚きの余り、しばらく呆然としていた豊助だったが、土田を呼びに使いを出した。

朝五つ（午前八時）、離れ家の前に外記と庵斎、豊助、五助、助三郎が集まった。そこへ、土田が小雪をともなってきた。

「なんでも、ご隠居が市助殺しのからくりを解かれたとか」

土田は言った。

五助は鼻を鳴らす。豊助はそんな五助を睨みすえた。

「はい。わしは、どうしてもそのいたいけな娘が下手人と信じられません」

外記は小雪を見た。

朝日を受けた血染めの小雪は、凄絶《せいぜつ》な姿にもかかわらず無垢な微笑みをたたえ、妖艶な輝きを放っている。さながら、朝に咲いた夜顔といった趣《おもむき》だ。

「では、さっそくお話しいたしますかな」

外記は開き戸を開け放った。

離れ家の背後にめぐる板塀越しに、昨晩は闇に包まれていたぶなの木立がうっそうと茂っている。そこから、蟬の鳴き声が降り注いできた。

九

「わしは、昨晩、市助さんの亡骸《なきがら》を見つけたとき、なぜか違和感を抱いたのじゃ。それが気になって、気になって」

外記は一人で中に入った。

緋毛氈に残った血痕を日差しがあからさまに照らし出し、惨劇のむごたらしさをよみがえらせる。

「みなさま、この部屋を見ておかしなことに気づきませんかな」

外記は部屋を見回した。みな押し黙っている。蟬の鳴き声がむなしく広がる。

「火鉢ですな。この暑いさなか、火鉢が置いてあるというのは」

庵斎が沈黙を破った。

「この地は江戸と違って、寒さ厳しいのだ。火鉢が置いてあってもおかしくない。火をおこしているわけじゃなし」

五助が言った。

「さよう。火鉢が置いてあることはおかしくない。わしがおかしいと言うのは、火鉢がここで倒れていたということなのじゃ」

外記は毛氈の上に転がる火鉢を指差した。

「わしが、ここを通りかかったとき、ここには置いていなかった。それはそうじゃ。この暑いのに火鉢は使わん。部屋のすみに置いてあったはずじゃ。それが、どういうわけか開き戸を開け、中に入ったときには、ここに転がっていた。なにゆえ、ここに置いてあったのか」

「兄貴が娘を手籠めにしようとして揉《も》み合ううちに、はずみで転がったんだろう」

五助は吐《は》き捨《す》てるように言った。

「わしが、言っておるのはなにゆえ転がっておるのか、ではなく、なにゆえここで、転がっておるのか、ということじゃ。それに、揉み合ったと申されたが、小雪どのは眠り薬を飲まされ眠っておった」

外記は静かに返す。

「話が見えぬ。ご隠居、なにが言いたい」

土田は額に汗をにじませた。

「では、わしの考えを申します。と、その前に」

苛立ちはじめた五助、戸惑い気味の土田をよそに、外記は涼しい顔で豊助に目配せした。

豊助は使用人を呼び、閂を持ってこさせた。

「すいませんな。なにせ、この閂はこのとおり」

外記は二つに折れた閂を取り上げ庭に投げ捨て、豊助から真新しい閂を受け取った。

「五助さん、わしが中から閂をかけますので、昨晩のように体当たりで壊してもらえませんかな」

「なんで、そんなことしなけりゃいけねえ」

五助は肩をいからせる。

「おや、できない？　昨晩はできたのに」

外記はからかうように鼻で笑ってみせた。

「できるけど、やりたくねえ。見世物じゃねえ」

五助は踵を返し、去っていこうとした。それを、

「五助、やるんだ。おまえ、相撲取りで力自慢をお客に見せてたじゃないか。やれ、やってみせろ」

豊助がこれまでにない厳しい声を放つ。

五助はしばらく黙っていたが、

「よし、閂をかけろ」

と、外記を見た。

外記はうなずくと開き戸を閉じ、中から閂をかけ、

「さあ、どうぞ」

五助は深く息を吸い、吐き出すと、

「行くぞ！」

と、開き戸に突進する。

五助の巨体が開き戸にぶつかる音がした。離れ家が揺れる。瓦の屋根にとまっていた烏が、大きな鳴き声を残し青空に消えた。

が、開き戸は閉じられたままである。五助の前に立ちはだかり、無言の威圧を投げかけている。

五助は、「くそ」と悪態を吐くと、ふたたび突進した。

今度は戸が軋《きし》んだが、まだ閉じられたままである。三度、四度目でようやく戸は開いた。

五助は汗にまみれ、膝《ひざ》をついた。

外記があらわれた。手に閂を持っている。

それは、左寄りに三分の一ほどのところから斜めに切《き》り裂《さ》かれていた。昨晩の閂のように真ん中から真っ二つということはなく、いびつな形で折られている。

「昨晩とはずいぶんと勝手が違いますな」

外記は五助に声をかけてから、

「これが、からくりです」

と、みなを眺め回した。土田はぽかんとしている。

「つまり、昨晩、五助さんが開き戸に体当たりして開けたとき、実は閂はかけられていなかった。すでに閂は折れていたのです」

外記は土田を見た。土田は小首をかしげ、

「しかし、戸は開かなかった。それは、ご隠居自身で確認されたであろう」

「そうでした。たしかに、左側の戸は押しても開かなかった」

「ならば、閂が折れていたというのはおかしいではないか」

土田は怪訝《けげん》な顔つきである。外記はニヤリとして、土田から視線をはずし、みなを見回した。

「そこで、この火鉢が役に立ったのじゃ」

五助は厠に行くと見せかけて、離れ家に入った。

酒には眠り薬を仕込んでおいた。それを飲んだ市助と小雪は眠っていた。五助は市助の脇差を小雪に握らせ、背中を刺し貫いた。

それから、閂を真っ二つに折った。折った閂をかけ、戸が簡単には開かないように左側の戸の内側に火鉢を置いた。外記が左側の戸を押すよう自分は右側の戸の前に立ちつづけた。そのうえで、外記に押させ、戸が開かないことを確認させたのである。

「元力士の五助さんが、開かない、閂がかけられていると言ったので、ついわしらも騙《だま》された。押してみて開かないのだからなおさらじゃ」

外記は微笑んだ。

「ご隠居が申されたこと、間違いないか」

と、土田は五助に視線を向けた。

五助はふてくされたように無言である。

ここで、

「土田さま」

おずおずと豊助が声をかけた。その顔は苦渋に満ちている。土田は豊助のただならぬ様子に目を凝らし、発言するよううながした。

「五助の部屋からこれが見つかったのです」

豊助は紙袋を差し出し、かかりつけの医者が煎じてくれた眠り薬だと言い添えた。五助が下手人であることの動かぬ証拠だ。

「ご隠居から五助の仕業だと聞き、さすがに驚きました。いくら、出来損ないでもまさか兄の命を奪うなど……。土田さまを呼びにやらせたものの、心の片隅でご隠居の考え違いであればいい、と思っていたのですが、眠り薬を見つけるに及びまして、五助の仕業に違いないと確信しました。五助は寝つきがよく、眠り薬など使ったことがないのですから」

いくら不肖の息子とはいえ、我が子が人殺しだと役人に突き出すことには、さぞや心が痛んだことだろう。しかも、実の兄を殺すという悲惨の極みに、父親としての責任と苦悩に襲われた末の決断であったに違いない。

土田はうなずくと、小者に目配せをし、

「五助、話は番所で聞く」

小者は五助に縄を打とうと近寄った。

するとと、

「小娘が！」

五助は小雪につかみかかろうとした。

外記は左手を腰に添え、右の掌を広げて前方に突き出し、鼻から息を吸い、口から吐き出すことを繰り返した。全身を血が駆け巡り、丹田に気が蓄えられる。

五助は小雪に近づいたが、小雪の汚れのない瞳に気圧《けお》されたのか立ち止まり、向きを外記に変え、

「くそじじい！」

外記は右手を引っ込め、

「でやあ！」

再び、掌を広げると前方に突き出した。

家の中にもかかわらず陽炎《かげろう》が立ち上り、五助の巨体が揺らめいた。

と、次の瞬間には相撲取りの突っ張りを食らったように五助は後方に吹き飛んだ。五助にとっては、土俵で立ち合いの直後、いきなり上位力士の一撃を浴びせられたかのような心持ちだったであろう。

みな、なにが起きたか目を疑った。

「なんじゃ、弱いのう。おまえ、本当は弱いから首になったのじゃろう。がははっ」

外記の哄笑が蟬時雨を凌駕《りょうが》した。

後日、代官所の調べで、五助は市助を殺したことを認めた。殺したわけは、勘当される恐れからだと証言した。

勘当されないよう己が所業を改める気はなかったのかという代官からの叱責混じりの問いかけに対して、市助ばかりを可愛がり、自分を出来損ないと蔑む父親への反発、市助への嫉妬が勝り、却って暮らしは荒れていったと答えた。また、市助を殺したとしても、不出来な五助に店を継がせるくらいなら豊助は養子を迎え、やはり五助を勘当したかもしれない、とは考えなかったのかという問いかけもされたが、自分はそもそも商いなどしたくはない、家を出されるなら、いくらか金を貰って気儘《きまま》に生きるほうがましだ、相撲取りを廃業してからの人生などどうでもよくなったと答えた。

つまるところ、勘当への恐怖心もあったろうが、それよりは父と兄への鬱憤、相撲取りになれなかった悔しさと不満がない交ぜとなっての犯行であった。

検視の結果、徳利と市助の遺体からは眠り薬が確認された。また、五助が徳利に眠り薬を入れるのを女中が目撃していたことで、五助の罪は明確になった。

五助の証言を聞いた豊助は五助の罪業は自分の罪業だと深く悔い、身代一切を代官所に差し出し、裁きに身を委《ゆだ》ねると申し出た。代官は永年に亘る豊助の貢献を斟酌《しんしゃく》し、罪には問わないそうだ。それでも、豊助は跡継ぎとなる養子を迎えるまで店は代官所に預け、跡継ぎが出来たら、お遍路の旅に出ると公言しているという。

小雪は解き放たれた。菊田一座は尾花沢を離れ、酒田を目指す。

「酒田で会いましょう」

養泉寺での別れ際、外記は笑顔で小雪に言った。

「ぜひ、お芝居見に来てください」

小雪は染みとおるような笑顔で、何度も礼を述べた。

友禅染の小袖を着ている。豊助が迷惑をかけた詫びに、とくれたのだ。

血に染まった妖艶な美しさとはかけ離れた、乙女の姿があった。

「さあ、急ぐか。川村たちに追いつかんとな」

外記と庵斎は寺の山門をくぐった。

「なんじゃ、急ぐぞ」

庵斎は道ばたで立ち止まっている。

「大事なことをまだしておりませんのでな」

庵斎は懐紙と矢立てを取り出した。

「そうか。ま、いいだろう」

外記は庵斎が句をひねるのを待った。

道ばたに陽炎が立ち、紅花畠を揺らめかせている。

庵斎は筆を滑らせた。

「離れ家に乙女と寝たり紅の花」

行く手には陽光と蟬時雨が、容赦なく外記たちを待ち構えていた。

第三話　血潮《ちしお》の嘆願書

一

菅沼外記と村山庵斎が旅立ってから、真中正助は気送術の修練とお勢の身辺に目を光らせるため、連日、根津権現門前町近くの屋敷を訪れている。

真中は自身の居合の稽古とお勢の常磐津の稽古が終わる夕刻に訪れ、常磐津の稽古所を借りて、気送術の修練に励んだ。

お勢はこのところ一段と門弟の数が減り、苛立ちを隠せない。加えて、真中の親切心とはわかっていても、連日の来訪は監視されているようで苛立ちを助長させた。

この日、外記が旅立って三日目である。

照りつける日差しが斜めに傾き、吹く風にやわらかさを感じるころ、お勢は冷やしてある西瓜《すいか》を切ろうと庭に出た。井戸に向かう途中、稽古所の窓から真中が丹田呼吸をしている姿が目にとまった。

紺《こん》の道着に袴を身に着けている。

「真中さん、西瓜切るけど、いっしょにどう」

お勢は窓越しに声をかけた。

「ご親切、痛み入ります。お相伴《しょうばん》にあずかります」

真中は首だけ動かし、いつもどおりの堅苦しい物言いで答えた。

「じゃあ、縁側に用意しとくよ」

お勢は井戸から西瓜を取り出し、台所へ向かった。

真中は長屋を出て井戸端に行くと、道着の上半身をぬいだ。釣瓶《つるべ》で水を汲み上げ、手ぬぐいを浸して力強くしぼると、赤銅色に日焼けした肌を拭う。お勢から誘われたうれしさから、つい口笛を吹く。

道着を着、髷をととのえると母屋に向かった。

縁側には、すでにお勢が腰を降ろし、西瓜を載せた盆《ぼん》を横に置いていた。朝顔をあしらった浴衣に着替え、紅の帯を締めている。

真中はお勢の匂い立つような色香にどぎまぎしながら、盆をはさんで腰かけた。

「毎日、修練ご苦労さんね」

お勢は西瓜を取り上げた。

「修練は欠かせません」

真中も西瓜を取った。

「成果は出ているの」

お勢は西瓜を手に言った。

「いや、まだまだです。お頭のようにはまいりません」

真中は照れ笑いを浮かべる。

「早く、成就《じょうじゅ》できるといいね」

お勢は庭に顔を向けた。真中は「がんばります」と答えると、西瓜にかぶりつく。

しばらく、二人は無言で西瓜を食べた。

涼風がお勢の甘い香を運んでくる。

真中はなにか話をしようとお勢を向いた。

「お勢どの」

「なに？」

お勢は小首をかしげ、真中を見返した。真中は言葉を詰まらせ、

「あ、いや。お頭と庵斎師匠はいまごろ、どのあたりでしょうな」

と、ぎこちない口調で聞く。お勢は少し困った顔をしたが、

「さあ、日光街道の途中じゃないかね」

「すると、大沢《おおさわ》を過ぎたあたりですか」

「そうかしら」

お勢は関心なさそうに西瓜に口をつける。

ふたたび沈黙が訪れた。

蝉の声だけが庭を包んでいる。

真中はお勢を横にしながら、言いようのない寂しさに襲われた。明日からの修練が重く感じられる。

「ばつ」

お勢は立ち上がると、西瓜を一切れ持ち、縁の下を覗く。

ばつが出てきた。

「ほら、お食べ」

お勢はばつの頭をなでながら、西瓜を食べさせた。真中もばつのかたわらにしゃがみ込んで、頭をなでる。

「たくさん食べて、早く大きくなるのだぞ」

真中が声をかけると、お勢がぷっと吹き出した。

「おかしいですか」

「ええ、だって、ばつはこれ以上大きくなりゃしないわよ」

「そうですか」

「そうよ。父上が三年前に根津権現の境内で捨てられてたのを拾ってきてから、ずっとこの大きさなんだから」

お勢はばつを抱き上げ、頬ずりした。

真中は手ぬぐいで口と手をふくと、

「ご馳走《ちそう》になりました」

「明日は、瓜《うり》でも用意しようかね」

お勢はばつに語りかけるように言った。

「では、わたくしは団子《だんご》でも買ってまいります」

真中は心持ちはずんだ声を出す。

「なんだか、修業にならなくなるかもしれないね」

お勢は笑顔になった。

「そうですね。でも、修業はきちんとおこないます」

真中は足取り軽やかに、木戸門に向かった。

お勢はばつを抱きながら見送る。

すると、

「おい、しっかりしろ」

真中の声がした。と、思うと、

「お勢どの」

と、一人の男を抱きかかえながら戻ってきた。

お勢は、ばつを降ろし、縁側の西瓜を片づける。

「さあ、ここに横になって」

真中は男を縁側に横たえた。お勢は、台所からどんぶりに水を汲んで戻ってきた。

男は、薄汚れた尻切《しりき》れ半纏に股引《ももひき》という野良着《のらぎ》を身につけ、顔、手、足は泥にまみれている。

月代《さかやき》と髭は伸び放題だ。背中には風呂敷包みをくくりつけていた。

真中は男を抱き起こし、どんぶりを口にあてがった。

男は薄目を開け、ごくごくと喉を鳴らしながら飲み干したが、

「大丈夫か」

真中が肩を揺すると、わずかにうなずいただけで、そのまま目を瞑《つむ》った。

「このまま寝かせておいたほうがいいわ」

お勢は枕を持ってきて、男にあてがった。

男は、鼾をかきながら眠りについた。

「いいわよ。あとはわたしが」

お勢が言うと、

「いや、わたくしが連れてきたのですから」

真中は男に視線を落とした。

男は真中が木戸門を出たところ、ふらふらになりながら歩いていたという。ほとんど倒れそうなありさまを見て、放っておけないと声をかけた。

「いったい、何者なのかしら」

お勢は男を団扇《うちわ》であおいだ。

「見たところ、百姓のようですが」

真中は男に視線を向ける。泥にまみれた髭面《ひげづら》は意外と若そうだ。野良着を着ているところを見ると、近在の百姓であろう。

「そうだ。なにか食べさせてあげないと」

お勢は台所に向かった。

真中は男のかたわらに腰かけ、お勢に代わって団扇であおいだ。

夕陽を浴びた男の口がもぞもぞと動いた。寝言のようだ。

「おねげえです」

真中の耳に、かすかにそれだけの言葉が聞き取れた。

二

半刻（約一時間）が過ぎ、男は目を覚ました。

日が暮れ、行灯《あんどん》に明かりが灯《とも》された。空には十六夜《いざよい》の月が浮かび、縁側や庭をほの白く照らしている。

「目が覚めたのかい。じゃあ、お風呂にお入り」

お勢が言った。

男は、ぽかんとした顔でお勢を眺めると、あたりを見回した。

「すんませんが、ここは？」

言葉にひどい訛《なま》りが含まれている。奥羽の訛りのようだ。

「根津の権現さまの門前町近くだよ」

お勢はゆっくりと答えた。

「根津の権現さま、お江戸ですね」

男はぼんやりとしている。

「あんた、どっから来たの」

お勢が聞いたとき、真中がやってきた。

「おお、起きたか。風呂沸《わ》いてるぞ」

「そうだ、まずはお風呂に入りなさい」

お勢は追い立てるように言った。

真中が男を湯殿に導く。湯殿は、母屋の裏手にあった。

「真中さん、湯殿に着替えを用意しといたから」

お勢は真中の背中に声をかけた。


男は絣《かすり》の着物に着替え、風呂から出て居間にやってきた。

「やっぱり、父上のじゃ、小さいね」

お勢が言ったように、着物の袖やすそから手足がはみ出ている。

「いいえ、とんでもねえ。すっかりお世話になって」

男は正座すると、頭を下げた。

「権助《ごんすけ》といいます」

「いずこからまいったのだ」

真中が聞くと、

「庄内の遊佐郷です」

「庄内って、出羽の庄内かい」

お勢は思わず大きな声を出した。権助は悪いことをしたみたいに、頭をぺこぺこと下げる。

「まあいいや。お腹がすいているだろ。食べなさいな」

お勢は湯気をたてた大ぶりのにぎり飯とたくあん、豆腐の味噌汁が載った箱膳《はこぜん》を差し出した。

権助はおずおずと手を伸ばすと、にぎり飯をつかみ夢中で頬張る。すぐに、喉を詰まらせ、

「おいおい、にぎり飯は逃げやしないぞ」

真中が背中を叩くと、

「たくさんあるからね。遠慮しなさんな」

お勢は微笑んだ。

「旦那《だんな》さん、お内儀《かみ》さん、ほんとにご迷惑をおかけしました」

権助は真中とお勢の顔を交互に見た。

真中は咳《せき》払いすると、

「われら、夫婦ではない」

「そんですか。すると、どういう」

権助は戸惑いの表情を浮かべたが、

「どうだっていいじゃないかさ」

お勢は答え、「お茶を持ってくるね」と席を立つ。

権助は、いぶかしげな顔のまま食事を終えた。

「おまえ、歳は？」

真中が聞くと、

「十八でごんす」

権助の答えにお勢はおやっとなり、

「意外と若いんだねえ。でも、髭さえ剃《そ》れば……」

元気を取り戻した権助の目は、若い芽吹きを宿らせている。

「おおっと、おまえのことばかり聞いて申し訳ない。拙者《せっしゃ》、相州浪人で真中正助と申す」

真中は背すじを伸ばした。

「あたしは、お勢。ここで常磐津を教えているの」

お勢は三味線をひく格好をしてみせた。

「拙者も門弟の一人というわけだ」

真中も、不器用な所作で三味線をひく真似をする。その様子にお勢は吹き出した。

「で、権助。立ち入ったことを聞くが、わざわざ江戸に来たのはいかなる用事じゃ。しかも、着の身着のままで」

真中は頰を搔《か》きながら聞いた。たしかに、庄内から江戸に旅するような装束ではない。

権助の顔から笑みが消えた。真中とお勢は思わず顔を見合わせる。

「話せないことかい」

お勢はやさしく言葉をかけた。

「ご老中さまへ嘆願に来ただ」

権助は首を振ると、拳を握りしめた。

「嘆願というと、ご領知替のことか」

真中は静かに訊く。

「そんでです」

権助はうなずく。

「しかし、ご老中への嘆願なら庄内領の百姓たちはたびたびおこなってきたではないか」

真中が言うように、前年の暮れ以来、庄内領から百姓がたびたび江戸に上ってきて、老中をはじめ、御三家、御三卿、国持《くにもち》大名、東叡山寛永寺に対して、藩主酒井家転封の中止を願う嘆願をくり返している。

彼らは、旅の装束ではなく野良着で江戸に上ってくる。いかにも、とるものもとりあえず、国元からお願いにまいりました、という彼らなりの演出である。権助もそれに倣《なら》っているのだ。

「んだで、遊佐郷でおらの村だけ誰も行ってねえのはまずいということになりまして」

権助はうつむいた。

「あんたが、代表に選ばれたんだね」

お勢は、「大変だね」とつぶやいた。

「なるほどな。で、おまえ一人でご老中全員に嘆願するのか。まさか、そんなことはできまい」

「んだで、おらあ、水野越前守さまに嘆願に行きますだ」

権助はお勢と真中を交互に見た。

「水野……さま、ねえ……」

お勢は顔をしかめる。

「たしかに、水野さまはご老中首座《しゅざ》であられる。こたびの領知替も水野さまが推し進めておられる、ともっぱらの噂だ。しかしなあ」

真中はあごを掻いた。

「おらあ、水野さまに嘆願申し上げて、お聞き届け願いますだ」

権助は自分に言い聞かせるように胸を叩いた。

「おまえ一人でやるのか」

「そんです」

「ほかの村の者たちといっしょにはやらぬのか」

「さっきも申しましたように、おらの村だけ、代表を出さなかったもんで、いまさら、頼むわけにも。おらが一人で嘆願に行けば、村も見直されますだ」

「ふ～ん。しかし、手づるはあるのか」

「なんにもありません」

権助はけろりと返した。

「じゃあ、あんた、あてもなく江戸へ来たのかい」

お勢は呆れたような声を出した。

「駕籠訴でもやらかすつもりか」

「それしか方法がねえです」

「正月にはご老中がたに受け入れられたが、今度は許されんだろう」

真中は腕組みした。

「このまま帰ったらどうだい。駕籠訴したけど、取り上げられなかったってことにすればいいじゃないか」

お勢が言うと、

「そんなことはできねえだ。おら、村のみんなの期待を背負ってるだ」

権助は毅然と返した。お勢は真中を見る。

「よしわかった」

真中はうなずいた。お勢は小首をかしげる。

三

権助はお勢の屋敷に泊まった。朝早くに起き、母屋や庭の掃除をてきぱきとおこない、ばつの遊び相手となる。ばつも権助の人のよさがわかるとみえ、じきになついて、うれしそうな鳴き声で権助とたわむれた。

五つ（午前八時）に真中が権助を迎えにきた。

庄内出身の公事師《くじし》佐藤藤佐を訪問するという。

権助は真中の着物を着、髭と月代を剃って身なりをととのえた。

こうしてみると、権助は筋骨たくましい好青年に生まれ変わった。

薬研堀《やげんぼり》にある佐藤の屋敷を訪問し、玄関にあらわれた門弟に村山庵斎の門弟真中正助であると名乗り、

「庄内藩領知替の一件につき、教えを請いたい」

と、用件を伝えた。

慎重に品定めをするような表情を浮かべる門弟に、

「おら、遊佐郷青塚村《あおつかむら》から来ただ」

と、権助は水野への嘆願書を差し出した。

門弟は嘆願書と権助を交互に見ていたが、

「しばし、お待ちくだされ」

と、奥に引っ込んだ。真中と権助はしばらく無言で待っていると、

「どうぞお上がりください」

門弟の案内で庭に面した客間に通された。

簡素な造りの八畳間だった。庭では、朝顔が咲き誇っている。もんしろ蝶《ちょう》がのどかに花びらのあいだを舞っていた。

すぐに、佐藤があらわれた。真っ白い頭で、薄い灰色の小袖を着流している。

真中はあらためて自己紹介し、権助との出会いの経緯を語った。

佐藤は、ふんふんと聞いていたが、

「嘆願はならん」

不機嫌な顔で嘆願書を権助に返した。

「おらあ、村を代表して出てきましただ。嘆願もせず、帰れねえです」

権助は当惑するように顔をゆがめた。

「先生、理由をお聞かせくだされ」

真中は権助を気遣いながら聞いた。

「御公儀より、領知替のお沙汰《さた》があったのが昨年の十一月。それを受け、藩はもちろん、庄内の百姓ども、商人ども、これまでにさまざまな嘆願をくり返してまいった。ことに、百姓どもの嘆願は、まさしく庄内藩はじまって以来、いや、幕府開闢《かいびゃく》以来といってもいい大規模なものじゃ」

佐藤は、真中にわかりやすく、庄内領内の百姓がおこなってきた領知替反対運動を語った。

庄内領は最上川を境に川北《かわきた》、川南《かわみなみ》と大別される。

川北は遊佐郷、荒瀬《あらせ》郷、平田《ひらた》郷の三郷に分けられ、川南は狩川《かりかわ》通、中川《なかがわ》通、櫛引《くしびき》通、京《きょう》田《でん》通、山浜《やまはま》通の五通に分けられていた。各郷、各通は数個の組からなり、さらに各組には数ヵ村から二十数ヵ村が所属している。

これらの組のうち、最初に立ち上がったのは川南京田通に属する西郷《にしごう》組である。

西郷組は所属する各村から代表十二人を出し、嘆願書を持たせて江戸に上らせ、老中への駕籠訴を計画した。

ところが、このくわだては庄内藩の知るところとなり、百姓たちは江戸で拘束《こうそく》され、帰国させられた。前年の十二月のことである。

「じゃが、百姓どもの反対運動はこれで鎮《しず》まるものではなかった。それどころか、この一件が火を点《つ》けることになった」

今度は川北遊佐郷の百姓が行動した。この年の正月には百姓二十人が江戸に上り、水野はじめ三人の老中と大老井伊への駕籠訴に成功したのだ。

それに勢いづいたように、各郷、各通、あるいは区域をまたいで、数万人規模の集会が催され、領知替反対で一致団結した。彼らは規律を乱さず一揆ではないことを明示した。その後、老中、御三家、御三卿、有力国持大名、東叡山寛永寺への嘆願をくり返してきた。

「いま、御公儀が領知替をためらっておられるのは、こうした百姓どもの命を懸けた運動によるところが大きい」

百姓たちの嘆願は、そろって酒井家の善政を賞賛し、「百姓といえど二君に仕《つか》えず」と訴えていた。

「いまや、領知替反対が成るか成らぬかの瀬戸際じゃ。いまが正念場なのじゃ。わかるか」

佐藤は権助に向かって諭《さと》すような顔を向けた。権助はうなだれている。

「真中どの」

佐藤は真中に視線を移した。真中は思わず姿勢を正した。

「水戸《みと》侯、仙台侯をはじめ、酒井さまの転封に同情的なお考えを示される方々も多い。畏れながら上さまにおかれても、ご同情くださっていると洩れ聞く。なにせ、酒井さまに落ち度はないのじゃからな」

佐藤は含み笑いをした。

江戸の巷にまで今回の三方領知替が、亡き大御所家斉の発意《はつい》で計画されたことが知れわたっている。すなわち、自分の息子の養子先である川越藩の財政困窮《こんきゅう》を助けることに端を発した沙汰である。

いわば、庄内藩はそのとばっちりを受けた、と同情されているのだ。

「じゃが、御公儀の政策を決めるは、ご老中をはじめとする幕閣じゃ。いまの幕閣を牛《ぎゅう》耳《じ》っておられるのは水野さま。その水野さまが領知替を熱心に推進しておられる。水野さまにこの期《ご》に及んで、嘆願などしてみよ」

佐藤の視線は厳しくなった。

「いまが正念場なら、おら、嘆願してえだ」

権助は顔を上げた。

「馬鹿者！」

佐藤は語気を荒らげた。

権助はうなだれ、拳を握りしめ、畳に涙を一滴《てき》垂らす。その姿に同情したのか佐藤は表情をやわらげ、

「おまえの気持ちはよくわかる」

言葉をかけると門弟を呼び、茶を用意させた。

茶が運ばれてくるまで、佐藤は自分も権助くらいの年のころ、庄内遊佐郷の升川村から江戸に出てきた、と思い出話を語った。

「じつはな、水野さまは」

佐藤は茶をすすりながら、まるで茶飲み話のような気楽さをよそおい、重い話を語りはじめた。

「水野さまは、庄内領の百姓どもが江戸に上ってくるのを、江戸市中を騒がす不届きな所業だと、町奉行所へ取り締まりを命じられた。そんなありさまであるから、いま、水野さまへ嘆願をおこなうことは逆効果じゃ」

佐藤は茶を飲み干した。

「水野さまはそれを口実に、庄内領の治安よろしからず、と、酒井さまの失政を責め立てられるわけですな」

真中の問いかけに、佐藤はうなずいた。

「だから、いまは水野さまを刺激せぬことじゃ」

佐藤は権助を見た。

「わかりましただ」

権助はうなだれたまま、蚊《か》の鳴くような声を出した。

「よし、ならば、江戸見物でもして帰るがよい」

佐藤は財布から金一両を出し、

「遠路はるばる来たのじゃ。なにか精のつく物でも食べろ」

と、懐紙に包んで権助に差し出した。

権助は畳に視線を落としたまま、黙り込んでいる。

「せっかくのご厚意だ」

真中が代わりに受け取り、権助の袖にねじ込んだ。

「佐藤先生が申されたように、江戸見物でもして帰れ」

佐藤の屋敷を出たところで、真中は笑顔を権助に向けた。

「ですけど……」

権助の顔は晴れない。

「じゃあな、おれが江戸を案内してやろう」

真中は権助の気持ちをほぐそうと足早に歩き出した。

「さあ、来い」

四

真中はしょぼくれた権助を、まるで牛を引くように浅草寺《せんそうじ》まで連れていった。風雷神門《ふうらいじんもん》をくぐり、仲見世《なかみせ》を冷やかそうとしたが、水野の改革により火が消えたようである。軒を並べていた茶店や料理屋は、櫛《くし》の歯が欠けたようにまばらにあるだけだ。

その寂しげな様子は、しょぼくれた権助と重なって見える。

「そうだ、景色のいいところへ行こうな」

真中は気をとりなおし、本堂で参拝を終えると奥山《おくやま》に抜けた。

「このあたりも以前は、ずいぶんとにぎやかだったんだがな」

真中は奥山一帯を眺め、あそこで独楽《こま》を回していた、あそこに矢場《やば》があったと、陽気な声で語った。

が、がらんとした空間は、真中が往時のにぎわいを語れば語るほど、むなしい風が吹いていく。

真中は権助をしたがえ、新寺町《しんてらまち》通りに出た。

道の両側には寺の白壁がつづく。白壁から覗く楡《にれ》や欅《けやき》の木々が日差しを受け、往来に影を落としている。

真中と権助は木漏れ日の中を歩き、清水寺《きよみずでら》の山門をくぐった。

清水寺は小高い丘の上にあり、周囲の景観が望めることから、参詣客《さんけい》でにぎわっている。

「どうだ、いい景色だろ」

真中は周囲を見回した。

青空の下、右手に浅草寺、待乳山聖天宮《まっちやましょうでんぐう》の森、左手には東叡山寛永寺の威容が望める。

真中は蝉時雨《しぐれ》を仰ぎながら、大きく息を吸い込んだ。

権助は申し訳程度に景色を眺めている。

「羊羹でも食うか」

真中は境内にある茶店を指差した。

「はい」

権助もうなずいた。

「ここの羊羹はなかなかの評判だぞ」

葦簀張りの茶店に入るなり、真中は羊羹と茶を注文した。店には行商人風の男が三人、いかにも一服という様子で茶を飲んでいる。

真中と権助は横長床几《しょうぎ》に並んで腰かけ羊羹を食べた。

「うめえ」

ようやく、権助の顔がほころんだ。

「うまいだろ」

真中は、権助の顔を見て安堵の笑みを浮かべる。

「もっと食え」

真中は羊羹を追加し、さらに自分の分も押しやった。

権助は食べ終えると、満足げな笑みを顔いっぱいに広げた。

それから、二人は上野に向かい、不忍池をめぐってから根津権現に参り、お勢の屋敷に戻った。

昼八つ（午後二時）が過ぎていた。

真中と権助は庭に回った。

「どうもお世話になりました」

権助は、縁側に腰かけていたお勢に挨拶《あいさつ》した。お勢のほか、小峰春風が来ている。お勢は知り合いの絵師だと紹介した。

「なかなか、よい面相をしておる」

春風は、権助の顔をじっと見た。

権助は恥ずかしそうに、顔を赤らめる。

真中が、今日の経緯を説明し嘆願はおこなわず、帰国することになったことを話した。

「そう、そのほうがいいよ。うちだったらいつまでいてもかまわないからね。ゆっくりしていきな。江戸は広いよ。とても、一日や二日では見物できるもんじゃないんだからさ」

お勢は言うと、奥に引っ込んで、絣の着物を一着持ってきた。

日本橋富沢町《とみざわちょう》の古着屋で権助の身丈《みたけ》に合う着物を買ってきたのだ。権助は頭を下げ、居間で着替えた。

「旦那さん、じゃなかった、真中さん、お師匠さん」

権助は両手をついた。

「ほんとにお世話になりました。おらあ、これで帰りますだ」

「おい、お勢どのが申されたばかりじゃないか。ゆっくりしていけばいい」

真中はお勢を見た。

お勢も、「そうだよ」とうなずく。

「いやあ、そんなわけにはいきません。村のみんなに申し訳ねえ。みんな、おらが水野さまに嘆願することを願って送り出してくれた。それができねえとなって、江戸見物なんてすることはできません」

権助は訥々《とつとつ》と語った。

「そうかい」

お勢はふたたび奥に引っ込み、

「ちょうど乾いたところだから」

と、権助の野良着を風呂敷に包んだ。

「そうか、名残惜《なごり》しいがな」

真中もうなずく。

「それから、これ、もらい物で申し訳ねえけど」

権助は佐藤からもらった一両の紙包みをお勢に出した。怪訝な表情を浮かべるお勢に、真中は佐藤がくれたことを話した。

「受け取れないわよ。あんたがもらったんじゃないのさ」

お勢は紙包みを押しやった。

「いや、お世話になったから」

権助も押しやった。

「金がほしくって、世話したわけじゃないよ」

お勢は受け取らない。

「いや、それじゃあ、おらの気持ちがおさまらねえ」

権助も拒《こば》んだ。

「とにかく、受け取らないよ。お勢姉さんを見そこなうなってんだ」

お勢は啖呵《たんか》を切った。

「まあ、まあ、喧嘩《けんか》してもしょうがない」

真中と春風が割って入ったとき、

「これで、失礼します」

権助は風呂敷包みを手に立ち上がると、縁側を降り、足早に出ていった。

「やれやれ、意外と強情なやつだな」

真中はのんきに権助の後ろ姿を見送ると、

「ちょいと真中さん。これ」

お勢は紙包みを真中に渡した。

「お勢ちゃんも強情ですな。もらっておいてはいかがです」

春風が言うと、

「違いますよ。権助さん、このまま素直に庄内に帰ると思いますか」

お勢は眉間《みけん》にしわを寄せた。

真中は、権助の姿が消えた木戸門に視線を送り、

「そうか、ひょっとしてあいつ、一人で」

「後を追ったほうが」

お勢は真中をうながした。


真中は深編み笠をかぶり、権助を追った。

権助はお勢の屋敷を出ると、不忍池をめぐりながら上野広小路に出た。ときおり、行き交う棒手振《ぼてふ》りや行商人を呼びとめ、頭を下げている。道を聞いているのだろう。

権助は、上野広小路、下谷御成《おなり》街道を進み、神田川《かんだ》にかかる筋違《すじかい》橋を渡った。ついで、日本橋のほうへ向かって歩いていく。

日本橋を渡ると、改革のご時世にあっても、華やいだ空気が流れていた。

葦簀張りの露店《ろてん》は撤去されているが、白木屋《しろきや》、山本屋《やまもとや》といった老舗《しにせ》の大店が軒をつらね、商人、僧侶《そうりよ》、武士、と雑多な人間が往来にあふれている。

権助はそんな華やいだ空気を味わうこともなく、足早に通りすぎていく。

――間違いない。水野の屋敷に向かっている。

真中は胸を揺さぶられながらも、雑踏にまぎれそうになる権助の姿を見失わないよう、深編み笠を右手で上げた。

五

八つ半（午後三時）になり、水野は江戸城西ノ丸下にある屋敷に戻るべく、下城した。

日光が築地塀の瓦を照らし、往来はそよとも風が吹かず陽炎《かげろう》が立ち上っている。

このあたりは譜代《ふだい》大名の屋敷が立ち並ぶ大名小路《だいみようこうじ》を形成しているとあって、大名が下城する様子を見物する野次馬が群れていた。

野次馬の中には、大名家の紋所《もんどころ》を熟知している者がいて、行列が通るたびに、あれは、どこどこの大名だと自慢げに言い当てている。

権助はその群れの中にひそみ、水野が下城してくるのを待った。

「おお、水野さまだ」

「ご老中さまだよ」

野次馬から声があがった。

沢瀉《おもだか》の紋所を印《しる》した半纏を着た中間たちが、金紋先箱《きんもんさき》や駕籠を担いでいる。水野の行列と思って見るせいか、整然と進む様子は威厳をただよわせていた。

行列が権助の眼前を通りかかった。権助は大きく息を吸い込むと、腰を落とし周囲の野次馬をかき分ける。

と、

「無礼者」

深編み笠の侍が、足を踏まれたと権助の腕をつかんだ。

「ああ、こら、すんませんです」

権助はおろおろと頭を下げた。

「ならん、こっちへまいれ」

侍は権助の腕をつかむと、野次馬の後方へ引っ張っていった。

権助は、「ご勘弁くだせえ」と手足をばたばた動かし、抗いながらも水野の行列に視線を向ける。行列は、屋敷の表門に大蛇のように長い尾を引きながら消えた。

抵抗を止め、権助は呆然《ぼうぜん》と立ち尽くした。

「おい、権助」

真中は深編み笠を上げた。

「ああ、真中さま」

権助は口をあんぐりと開けた。


真中は権助をお勢の屋敷に連れ帰った。

「あんた、庄内に帰るんじゃなかったのかい」

お勢に言われ、権助は悪戯《いたずら》を見つけられた子どものように黙りこくった。

「なにも責めてるんじゃないのよ」

お勢は言葉をついだ。真中が助け舟を出すように、

「おまえが、そこまでして水野さまに嘆願したいのは、なにか特別なわけでもあるのではないか」

「黙ってちゃ、わからないわよ」

お勢は強い口調になった。

真中は、「まあ、まあ」とお勢をなだめる。

権助はおずおずと顔を上げ、

「おらの村は酒井の殿さまに感謝してますだ」

と、訥々と口を開いた。

お勢はなにか言いかけたが、真中に制せられ口をつぐんだ。

「殿さまは、村が飢饉で困っていたとき、お救い米《まい》をくださった。おかげで、村のもんは一人も飢え死にせずにすんだです。それればかりじゃねえ。殿さまは村を視察なさって、おらにも声をかけてくださった」

庄内藩主酒井忠器は領内を視察中、権助の村を通りかかり、権助にやさしく言葉をかけてくれたのだという。

「おら、村のもんにのろまだとか馬鹿だとか、言われてました。でも、殿さまはおらがつくった茄子をたいそう誉めてくださっただ。それから、村のもんもおらのことを見直してくれるようになったです」

そのときの忠器のやさしげな眼差しが、忘れられないのだという。

「おらあ、殿さまが遠い国へ行かれるなんて、我慢《がまん》できねえだ」

権助はうなだれた。

真中は権助の肩に手を置いた。

「真中さん、ちょっと」

　お勢は唇を固く結び、真中に声をかけると、奥の座敷に誘った。

「ほっとけないね。なんとか助けてあげないと」

「助けることに異存はござらんが、どうやって」

　真中はお勢の目を見た。

「飯田《いいだ》なにがしをうまく使えないかね」

「飯田なにがし……？」

　真中は視線を宙に泳がせた。

「水野の用人さ。父上を罠《わな》にかけた」

　お勢はいつのまにか親しげな口調になっている。真中は戸惑いながらも、胸に甘酸っぱいものがこみ上げてきた。

「ああ、柳橋《やなぎばし》の料理屋で罠を」

　外記は水野の意向をくんだ家慶の命を受け、大御所家斉の佞臣《ねいしん》で改革にとって最大の障害であった元御小納戸頭取中野石翁の失脚工作をおこなった。これが、公儀御庭番として、外記最後の忍び御用となった。

　外記の工作によって、石翁は排除された。すると、水野は口封じのため外記の抹殺を謀《はか》った。

その手先となったのが、水野の用人飯田三太夫《さんだゆう》である。

「父上をひどい目に遭《あ》わせた、仕返しもまだだよ」

「飯田を使ってどのように水野さまへ嘆願を」

「それは、まだ思案がまとまらないけど、とにかく当たってみる価値はあるわ」

お勢は決めたとばかりに笑みを浮かべ、権助の前に出た。

「任せなさい」

「ええ、嘆願ができるのですか」

権助は声をうわずらせた。

「ああ、任せなさいな」

お勢は力強く胸を叩いた。

「ありがとうございます」

権助は笑顔になり、真中を見た。真中は笑顔をひきつらせた。

吉林《きちりん》は神田川が大川《おおかわ》（隅田川）と合流する柳橋のたもとにある高級料理屋である。大名家や旗本の用人、僧侶、それらを接待する商人が利用している。改革のご時世になって以前ほどのにぎわいはないが、堅実な商いをつづけていた。

さいわい、幇間《たいこもち》の一八が、何度も贔屓の客に連れられ出入りしている。一八は吉林でだべり、飯田が来たら教えてくれるよう馴染《なじ》みの仲居《なかい》に頼んだ。

翌日、飯田があらわれた。

飯田は侍と商人ふうの男と三人、奥の座敷で会食しているという。

一八は吉林の前で待機していた棒手振りの義助を、お勢の屋敷に走らせた。

屋敷には、権助と真中がいた。

「じゃあ、行ってくるね」

お勢は権助と真中に留守を頼み、三味線を片手に駕籠に乗り込んだ。

お勢が吉林に向かっているあいだ、一八は料理を運ぶ女中にくっついて、飯田の座敷に入り込む。

「なんだ、おい」

商人が目を剝いたが、

「なんだとはご挨拶でげすな」

一八は動ずることなく、扇子でぴしゃりと額を打った。

「呼んでおらん。帰れ」

商人は蠅《はえ》でも追い払うように、手を振った。

「そんな。たまには、ぱあっと陽気に」

一八はめげない。そのうち、

「大村屋《おおむらや》、いいではないか」

飯田は酔眼《すいがん》を向けると、

「このところ、窮屈なことが多かった。たまには羽目をはずさねば身がもたん」

と、ニヤリとした。隣の侍も顔をほころばせた。

六

「そうこなくちゃ」

一八は飯田のかたわらにすり寄ると、よいしょを始めた。

いい調子で座を盛り上げていくうちに、侍は川越藩松平家の用人園田半次郎《そのだはんじろう》、商人は酒田の廻船問屋大村屋佐平《さへい》とわかった。

宴が盛り上がるにつれ、

「なにか、物足りぬな」

飯田が思わせぶりな口調で言った。

「飯田さま、一度酒田へお越しください」

佐平はにんまりとした。

「酒田のう。よきおなごも大勢おろうな」

「それはもう」

「ほう、それは領知替が楽しみじゃ」

園田の顔もほころんだ。

「大きな声では申せぬが、江戸はこのとおりのありさまじゃ」

飯田は扇子を庭に向けた。

月明かりと石灯籠《いしどうろう》に照らされた庭はひっそりと静まり返っている。

前年までは、あちらこちらの座敷から芸者、幇間をあげて遊び興じる声、大川で舟遊びに興じる者たちのにぎやかな声が、夏の夜を彩《いろど》っていた。

「まったく、寂しいのう」

飯田は、扇子であおいだ。

女中がやってきて縁側に座り、一八を手招きした。一八は足取りも軽やかに女中の側に

寄ると、うんうんと耳元で聞く。ついで、

「芸者はまずいってことですが、どうです。常磐津でも」

と、三味線をひく仕草をした。

「常磐津か」

飯田は盃を飲み干した。

すかさず、一八は酌をし、耳元で、

「いい女でげすよ」

飯田は鼻をふくらませた。佐平がそれを見逃さず、

「呼んでください」

と、女中に頼んだ。

女中と入れ代わりに、お勢がやってきた。

お勢は紫地に金糸《きんし》で蝶のすそ模様をほどこした小袖に身を包み、濃紺の帯をきりっと締めている。

「おお、ようまいった」

飯田と園田は顔をほころばせ、佐平も感嘆の声を洩らした。

「ここは、お互い、見ざる、聞かざる。あたくしは、通りすがっただけということで」

お勢は言った。

「そうじゃ。ようわかっておるのう」

飯田は水野の用人という立場上、大っぴらな遊興は慎《つつし》まなければならない。だが、食事をしていた料理屋の庭先から、常磐津が聞こえたくらいなら許されるだろう。

お勢は艶然《えんぜん》とした笑みを走らせ、撥《ばち》を動かした。

たちまち、座敷は華やいだ空気に包まれた。

飯田も園田も佐平も、吸い込まれるようにお勢に視線を向ける。

一八は、園田と佐平の銚子《ちょうし》に眠り薬を入れると、酌をした。園田と佐平は、お勢から視線をはずさず盃を差し出し、そのまま口に運ぶ。

飯田は酔眼をしょぼつかせ、心地よさそうに顔を赤らめている。が、水野の用人という立場を忘れないのか、目にはわずかに緊張の色を残していた。

やがて、佐平がこっくり、こっくりと舟をこぎはじめた。園田は「御免」とつぶやくと、腕枕をして鼾をかく。

お勢は撥を大きく上げると、動きを止めた。

そして、大きく弧を描いたと思うと、ひときわ大きな音を奏でる。音色は、微妙に変化していった。

すると、飯田の目から緊張の色が完全に消え去った。

「飯田さま」

お勢は、常磐津節を唄うような艶やかな声を出した。

「わしのことを知っておるのか」

飯田はとろんとした声である。

「水野さまの懐刀。切れ者ってご評判ですもの」

お勢は声に艶を込めた。

飯田は、だらしない笑みを浮かべる。

これは、お勢の特技だ。三味線の音色で相手の理性をつかさどる神経を麻痺《まひ》させ、聞き出したいことをしゃべらせるのだ。一種の催眠術である。

お勢は水野の行動を聞き出した。

水野はほとんど城と屋敷の往復であるが、月に二度、上野の明徳院《めいとくいん》に参詣するという。明徳院は東叡山寛永寺の塔頭《たっちゅう》で、水野は住職日照《にっしょう》と語らうことを楽しみにしているのだ。

「大勢のお侍がたがお供《とも》なさるのでしょ」

「いや、お忍びじゃ。供の者は四人ほどじゃ」

飯田はうつろな目で答えた。水野は、大仰《おおぎょう》な仕度で参詣することは寺に迷惑がかかると、遠慮しているのだという。

「今度はいつ行かれるのです」

「明日じゃ」

水野は明日非番であることから、昼過ぎに参詣におもむく予定だという。

お勢は一八に目くばせをした。一八はそっと佐平の背後に回ると、背中を揺すった。ついで、園田も揺り起こす。

お勢はふたたび撥を頭上に上げた。ついで、垂直に振り下ろす。

三味線は、甲高《かんだか》い音色を奏で、ぴたりと鳴り止んだ。

同時に、飯田の目に緊張がよみがえった。

佐平と園田も目を覚ます。

「申し訳ございません。すっかり、いい気持ちになって」

佐平は飯田に頭を下げた。

「わしも、すっかり夢見心地じゃった。いや、見事であったぞ」

飯田は鷹揚にうなずく。

「ありがとうございます」

一八はぺこりと頭を下げた。

佐平は金一両を紙に包んで、一八に持たせた。

翌日、真中とお勢は権助をともない、明徳院におもむいた。

明徳院は、下谷車坂にずらりと並ぶ寛永寺の塔頭の一角にある。住職の日照は比叡山延《ひえいざんえん》暦寺《りやくじ》で修行を積み、当代一の学識を誇る高僧という評判だ。水野は、月に二度日照を訪ね、さまざまな話をする。

だが、政《まつりごと》の話はせず、和歌、漢詩、歴史を中心とした学問の話が中心だ。

広い境内は蟬の鳴き声で満ちあふれ、木立から差し込む木漏れ日に身を晒しながら、三人は散策をよそおって歩きはじめた。

多くの桜の木が植えられ、花見の季節には大勢の参詣客でにぎわうが、真夏のこの日に訪れている者はお勢たちだけである。

「どうしても、やるんだな」

真中は権助に視線を向けた。

「おら、やります」

権助は強い眼差しを真中に返す。

真中とお勢は顔を見合わせ、権助の決意にしたがうことを確認した。

やがて、山門に人影が射した。

深編み笠をかぶった侍が姿をあらわす。薄い灰色の無地の小袖に袴をはき、空色の夏羽織を着ている。夏羽織には水野の家紋である沢瀉《おもだか》が印されていた。

「水野さまだ」

真中が言うと、権助は拳を握りしめた。

水野は供侍を四人したがえている。

供侍が境内の掃除をしている小坊主をつかまえ、耳打ちをした。水野の来訪を告げているのだろう。

はたして、小坊主は足早に庫裏《くり》に向かった。

水野は、ゆっくりとした足取りで庫裏に歩いていく。

「行きます」

権助は猛然《もうぜん》と飛び出した。

懐から嘆願書を出し、

「お願えでございます！」

と、絶叫した。

水野は深編み笠をわずかに上げ、権助を向いた。供侍も権助を見る。

「水野さま！」

権助は息を切らせながら叫ぶ。

供侍の大刀が木漏れ日にきらめいた。

七

「ああ！」

お勢の口から悲鳴が洩れる。

「お願えでごぜえ……」

権助の言葉は途切れ、首すじから血潮が飛び散る。

権助は、膝をつき前のめりに倒れた。

供侍はとどめを刺そうと権助の前に立つ。それを、

「やめい！」

水野の甲走った声が制した。供侍ははじかれたように大刀を鞘《さや》に戻す。

権助は芋虫《いもむし》のように地べたをのたくり、水野に向かっていった。水野は権助の前にひざまずくと、

「嘆願書、受け取った」

権助の手から嘆願書を取り上げた。

「お願えで……」

権助はにっこり微笑むと余力を振り絞り、空を見上げる。

脳裏に鳥海山《ちょうかいさん》が浮かぶ。ついで、母、兄、義姉の姿。そして、

「お殿さま」

と、つぶやくと目を閉じた。

水野は嘆願書を懐に入れると、供侍に後始末を命じ、境内から去っていった。供侍は庫裏に向かう。

境内には、権助の亡骸《なきがら》が残された。

「権助さん」

お勢と真中は、権助の亡骸のかたわらにしゃがみ込んだ。

「だから、やめとけって、言ったじゃないのさ」

お勢は権助の肩を揺さぶった。

真中は唇を固く結ぶと、脇差を取り出した。ついで、無言のまま権助の髷を切り取った。

一陣の風が小枝を揺らした。

一瞬、蟬が鳴きやんだ。

その日の夕刻、お勢と真中は根津の屋敷の居間にいた。

権助の遺髪をはさんで向かい合っている。二人とも、押し黙ったまま遺髪に視線を落としていた。

なま暖かい空気が頬をなでる。入道雲に黒みが差した。雷《かみなり》が鳴った。

「夕立だね」

お勢が言うと、ほとんど同時に激しい雨が降ってきた。

「いやあ、降ってきましたな」

玄関で春風の声がした。ついで、格子戸を開ける音がし、

「お邪魔しますよ」

と、入ってきた。格子縞の小袖に薄茶の十徳を着ている。

「権助ですか」

春風は遺髪の側に正座すると、両手を合わせた。

「お茶でも淹《い》れようか」

お勢は台所へ立った。

真中と春風は、口々に権助の朴訥《ぼくとつ》な人柄を語り合った。

お勢が茶を持ってくると、

「水野め、むごいことを」

春風はあご髭をなでた。

「あたしが余計なことしなけりゃよかったんだ」

お勢はしょげ返っている。

「いや、お勢ちゃんが手助けしなくたって、権助はやったよ」

春風はなぐさめるように言った。

「そうです。せめてものなぐさめは、権助の嘆願書を水野が受け取ったということです。駕籠訴では、受け取られることはなかったでしょうからね」

真中も言い添えた。

「そうそう、こんなもの描いてみた」

春風は懐中から一枚の絵を取り出した。

「まあ、そっくり」

「さすがは春風どの」

お勢と真中は感嘆の声を洩らした。

田んぼで稲を刈《か》っている権助が、水墨画で描かれている。

「わたし、遺髪とこの絵を届けに行くわ」

お勢は権助の絵を見つめた。

「わたしもいっしょに行きます」

迷わず真中も申し出た。

そのとき、ばつの寂しげな鳴き声がした。

「そうかい、おまえも行きたいのかい。短いあいだだったけど、権助さんに可愛がられたもんね」

お勢は縁側の下を覗き込んだ。


そのころ、水野は屋敷の書院で鳥居耀蔵と会談していた。

「この百姓」

水野は権助の嘆願書を鳥居に見せる。

「佐藤藤佐の屋敷に出入りしておったのじゃな」

水野は佐藤の屋敷を張り込むよう、鳥居に命じていた。佐藤こそが庄内の百姓を扇動《せんどう》する首魁《しゆかい》であると睨んでいるのだ。

「間違いございません」

鳥居はおでこを突き出した。

「ふむ。そうか」

水野は満足げに笑みを浮かべると、

「庄内の百姓どもが江戸市中を騒がすは言語道断。領民を治めることができないとなれば、領主として問題じゃ」

鳥居はうなずく。

「南町奉行の矢部に佐藤を詮議《せんぎ》させよう」

「その詮議に間に合うように、庄内で一揆騒ぎでも起これば万全じゃな」

水野はほくそ笑んだ。


外記と庵斎は、最上川古口《ふるくち》の船着き場で家慶の御庭番川村新六と村垣与三郎に追いついた。引田正三郎と小者の藤吉もいっしょだ。

「いやあ、とんだ一件に巻き込まれました」

外記は舟を待つあいだ、中島屋の一件の始末を語って聞かせた。そのうち、舟が着いた。

「芭蕉は最上川を句に詠んでいますな」

引田は庵斎を向いた。

「さようです。五月雨《さみだれ》を集めて早し最上川」

庵斎は、芭蕉の名句を口ずさむと、

「ところがですな、この句は、最初、五月雨を集めて涼し最上川、と詠まれたのです」

と、『おくのほそ道』の講釈をはじめる。

「ほう」

引田は興味深げに庵斎を見た。

「芭蕉翁は最初、最上川で舟に乗る前に詠まれたのですな。ところが、舟に乗り、川下りをしてみると、川の流れの速さに感嘆したのです」

「なるほど」

引田が言うと、川村も村垣も最上川を眺めやった。

「さあ、われらも川下りを」

外記は空を見上げる。

入道雲が横たわり、鳶が泳ぐように舞っていた。

庵斎は矢立てと懐紙を取り出し、咳払いすると、

「そよそよと夏草そよぐ最上川」

筆の運びもあざやかに書き記した。

どんなもんだ、と庵斎は顔を上げたが、外記たちはすでに舟に乗り込み、

「舟が出るぞ！」

船頭の声が山間《やまあい》にこだました。

第四話　秘本おくのほそ道

一

菅沼外記ら一行は、最上川古口の船着き場から舟に乗った。村山庵斎のほかに、川村新六、村垣与三郎、引田正三郎、小者の藤吉もいっしょである。

はてしなく連なる山の緑が、陽光に燃え立っている。

さわやかな風が吹き、汗に濡《ぬ》れた肌を心地よく乾かしていく。ひんやりとした風は、冷たい水しぶきとともに、うだるような暑さを忘れさせてくれた。

紺碧《こんぺき》の空には入道雲が綿菓子のように横たわり、燕《つばめ》や鳶が気持ちよさそうに泳いでいた。

川面《かわも》には米二百五十俵《ぴょう》を積むことができるひらた船《ぶね》、五十俵積みの小鵜飼船《こうかいぶね》が行き交い、船頭の唄う舟唄が渓谷に吸い込まれていく。

「五月雨《さみだれ》を集めて早し最上川、ですな」

引田の声が水しぶきを裂《さ》いた。

「芭蕉翁が初め、五月雨を集めて涼し最上川、と詠んだのもわかりますな」

庵斎もにこやかに声を振りしぼる。

「たしかに、涼しさといったらありませんね」

川村は右手を川面に伸ばした。

「早し、などと訂正しなくてもよさそうなものですが」

村垣が庵斎に顔を向けた。

「じきわかる」

引田は思わせぶりにニヤリとすると、

「どうです、師匠。一句」

庵斎の隣に座った。庵斎はにこやかに、

「そうですな。僭越《せんえつ》ながら、芭蕉翁になったつもりで」

と、矢立てと懐紙を取り出そうとしたが、

「これは、急ですね」

村垣が悲鳴にも似た声をあげたように、舟は大きく揺れ、水しぶきが容赦《ようしゃ》なく降り注いできた。

「さすがは、早しだ」

庵斎は、懐紙と矢立てを引っ込めるとへりにつかまる。

「お師匠、句をひねるどころではないですな」

外記は揺れる舟を楽しむように、急流を眺めた。

「大丈夫でしょうな」

庵斎は船頭を振り返る。

船頭は、舟唄を口ずさみながら気持ちよさそうに艪《ろ》をあやつっている。

両側に連なる山のあいだを行く船旅は、深山幽谷《しんざんゆうこく》を楽しむ余裕もなく、船酔いとの闘いとなった。

半刻（約一時間）ほどの船旅のあと、清川《きよかわ》の船着き場に着いた。舟が着いたころは、みな押し黙っていた。

「あ〜あ、着いた、着いた」

外記は背すじを伸ばした。

陽光に照らされた山の緑が目に沁みる。庵斎は蒼白い顔をしかめ、船酔いであることが一目瞭然《いちもくりようぜん》だった。

一行は、桟橋《さんばし》をふらつきながら渡り、石段を上がる。

農家が散在し、田んぼと雑木林の緑が広がっていた。土手をのどかにもんしろ蝶《ちよう》ととんぼが舞っている。

「ちょっと、休もうか」

引田が蕎麦《そば》屋を見つけた。柿葺《こけらぶ》き屋根の平屋である。

「あの、わたくしたちはこれで」

川村が言った。

「まあ、よいではないか」

引田は引き止めたが、川村も村垣も商用があると、庄内藩の城下町である鶴岡を目指した。

庵斎は胸焼けに顔をゆがませながら、外記を見る。

「お師匠、大丈夫ですかな」

外記は庵斎を抱きかかえるようにして、蕎麦屋の裏手に広がる雑木林に入った。

「お頭、二人の行方《ゆくえ》を」

庵斎は蟬時雨のなか、苦しげな顔を向ける。

外記は、家慶の御庭番である川村と村垣の二人は、鶴岡の城下から酒田に向かい領内にしばらく滞在するであろうから、いまあえて追わなくても大丈夫と答えた。

「それより、あの引田とか申す侍だ」

外記は引田が庄内藩士ではないと断じた。尾花沢で庄内領内のことを聞いても、ちぐはぐな答えしか返さなかったことを話し、

「水野か鳥居が放った隠密にちがいない。それが証拠に、やたらに『おくのほそ道』の話を持ちかけてくるであろう。とくに、芭蕉が公儀隠密であり隠し銀山を探していた、という話には目を輝かせていた」

「えさに釣られたわけですな」

「そうじゃ。このまま、引田と仲間を釣り上げるのがいい」

「釣り上げれば、庄内領で不穏な騒動を起こす輩《やから》もいなくなる、というわけですな」

庵斎は蕎麦屋を見た。

外記と庵斎は、引田、藤吉に続いて蕎麦屋に入った。

入れ込みの座敷には、行商人ふうの男たちが数人、のんびりと蕎麦を手繰《たぐ》っている。

引田は酒と蕎麦を頼んだ。

「さあ、師匠、一献《いっこん》」

引田は徳利を向けたが、

「いや、いささか船酔いが」

庵斎は胸をさする。

「二日酔い同様、迎え酒ですぞ」

引田がかまわず酌をした。庵斎は酌を受け飲み干す。

とたんに、「失礼」と外に出ると、裏の雑木林で嘔吐《おうと》した。

外記や引田は苦笑を浮かべる。

「いやあ、いくらかすっきりしもうした」

庵斎は頭を掻きながら戻ってきた。

「拙者《せっしゃ》、『おくのほそ道』にいささか興味がありましてな」

引田は庵斎を待ちかねたように言った。

外記は微笑んだ。

「そういえば、尾花沢でも熱心にお師匠の話を聞かれていましたな」

「そうです。あのときは話が途中になってしまいましたからな」

引田は庵斎に笑顔を向ける。

「いかにも」

庵斎が言ったとき、蕎麦が運ばれてきた。

「じつは、江戸にてこんなものを手に入れたのでござる」

引田は藤吉に視線を向ける。藤吉は風呂敷包みをほどき、一冊の古びた書物を取り出した。引田は庵斎に見せた。

「ほう、『秘本おくのほそ道』、ふ〜ん」

庵斎は手にした書物に視線を落とす。もちろん、庵斎が作成した偽書だ。

「これは、芭蕉直筆の本ということです」

「ほ〜、それは、それは」

外記はあごのつけ髭を右手でなでた。

「『おくのほそ道』はいくつか種類がありましてな、能書家《のうしょ》柏木素龍に清書させた西村本、弟子の河合曾良が書き写した曾良本、門人志太野坡が持っていた芭蕉翁直筆の野坡本などが代表です」

庵斎は言うと、「これは西村本ですが」と自分の行李《こうり》から一冊の書物を取り出した。

「拙者もよくはわからんのだが、この秘本に芭蕉は隠し銀山のありかを記したというのだ」

引田は蕎麦をすすった。

「この書物、に、でございますか」

外記は大げさに目を剝いてみせる。

「なのだが、拙者の目には、どこにそんなことが記されているのか、さっぱりわからん」

引田は『秘本おくのほそ道』をぱらぱらとめくった。

「ちょっと、見せてくだされ」

庵斎は引田から受け取ると、しげしげと眺める。

「たしかに、そんな途方もない秘事がこめられているとは思えませんな」

庵斎は外記にも見せた。外記も首をひねるばかりだ。

二

川村と村垣は鶴岡街道を進み、その日の夕刻、鶴岡城下に入った。

菊屋《きくや》という旅籠《はたご》屋に草鞋《わらじ》をぬいだ。

宿の女中の案内で、二階の六畳間に通された。開かれた窓から鶴岡城が夕陽に映えている。天守をもたない威容を眺めていると、江戸城を思い出す。

「ほう、江戸から。よくござらしたな」

女中は、宿帳を眺め庄内の方言で言った。

「酒の商いだよ。いい酒を仕入れにきたんだ」

川村は愛想よく笑みを浮かべる。

「城下で酒を扱う店、教えてくれないか」

村垣が聞くと、

「本町《ほんちょう》の山崎屋《やまざきや》さんがええと思いますのんし。んでも、庄内で商いをするには、酒田のほうがええと思いますのんし」

女中は愛想よく返した。

「そうだな。明日は酒田へ行くつもりだよ」

川村が言うと、隣の部屋からにぎやかな声が聞こえた。

「お隣も江戸からお出《い》でになったのんし」

隣は十畳の部屋で十人が泊まっているという。

「商人かな？」

川村が聞いた。

「宮大工さんだそうで」

「宮大工、ふ〜ん」

村垣は窓越しに隣の様子をうかがう。すでに、酒が入っているとみえ、やたらに大きな声を出す男がいた。

「領内の寺社の修繕《しゅうぜん》かい」

村垣は、夕陽で朱色に染まった顔を女中に向けた。

「さあ、ようわからんが、城下ではないのんし」

女中は首をひねり、どこか、郡方《こおりかた》（郡奉行）の寺社なのだろうと言い添えた。

「ほんでも、宿賃は前もってたくさんいただいておりますのんし」

女中は言うと、食事の仕度をします、と部屋から出ていった。

「ひとまず、城下の様子を見聞きしよう」

村垣が言うと、

「あの、引田とか申す侍、どう思う」

川村は団扇《うちわ》であおいだ。

「庄内藩士を名乗ってはおりましたが」

村垣は怪訝な顔をした。

「引田が庄内藩の御納戸方《おなんどかた》と申しておったゆえ、藩に出入りする酒問屋の紹介を頼んだが、口をつぐむだけだった。領内の酒蔵もろくに知らない様子であった。おかしな男だ」

川村は苦笑を浮かべる。

「芭蕉に興味を示しておりましたが」

「村山とか申す俳諧師に、やたらと芭蕉のことを聞いておったのう」

「芭蕉というよりは、芭蕉が探していたという隠し銀山に興味を示しておりました」

「あの俳諧師、どこまで本気で申しておるのか、でたらめにもほどがあるというもの」

川村は苦笑する。

「まこと、庄内領に隠し銀山などあれば、とうにわれら御庭番が探り当てており申す」

村垣も鼻で笑った。

「さあ、風呂でも浴びるか」

川村は立ち上がる。

「わたくしは、これまでのことを帳面に記しておきますので、どうぞお先に」

と、村垣は頭を下げた。

御庭番は探索の様子を復命書にして将軍に提出する。記述に間違いがあってはならない。探索先での見聞、かかった費用を細大漏《も》らさず書きとめておく必要があった。

「明日からが本格的な探索となるが、これまでの旅程、旅費などを整理しておいてくれ」

川村は言い置くと、一階の奥にもうけられた風呂に向かった。

風呂に入るともうもうと湯気が立ち上り、何人かの男の裸《はだか》がぼんやりと浮かんでいる。

川村は、湯船に身を沈めると思わず、「ああ」と生き返った心地がした。

「早く、知らせが届かぬかな」

湯煙の中に男の低い声がする。

「まったく、やることがないというのも、大儀《たいぎ》ですな」

交わす会話には、武家言葉が混じっている。

——何者であろうか。

川村はつい、いつものくせで探るように耳を傾けた。

「佐川どのと藤吉から、吉報が届くのを待つしかあるまい」

男は湯船を出た。湯煙のすき間に男の横顔が垣間《かいま》見えた。

——あっ！

川村は、声をあげそうになる。男は尾花沢で川村と村垣を襲《おそ》った追いはぎだったのだ。

川村は、とっさに手ぬぐいで顔を隠した。

——よし、こやつらの正体を確かめてやる。

男が脱衣所に入ってから、少しあいだを空けて川村も湯船を出た。男は手ぬぐいで身体を拭い、口笛を吹いている。

男に背を向け、川村は旅籠の浴衣に袖を通した。

男は、浴衣を着ると手ぬぐいを右手に持ち、脱衣所を出た。

川村は手ぬぐいで顔をふきながら男を追う。

男は一階の廊下を足取りも軽やかに歩くと、階段を駆け上がった。川村もあとにつづく。

男は、川村と村垣の部屋を通りすぎ、隣の部屋に入った。

川村は部屋に戻ると村垣をつかまえ、風呂場でのできごとを話した。

「あやつら、金に困って、追いはぎの真似事《まねごと》をやったわけではないでしょう」

村垣が同意を求めると、

「ああ、女中も宿賃は前払いと申しておった」

「すると、引田が仕組んだ芝居ですか」

「宮大工の一人が佐川どのと名を挙げておったが、それが引田の本名だろう。引田の小者の藤吉の名も口にしておった」

「われらに近づくため、あのような芝居を」

村垣は窓から隣をうかがった。相変わらず、にぎやかに酒宴をつづけている。

「それが、俳諧師についていったとなると」

川村は湯上がりの火照《ほて》った身体を冷まそうと、村垣の隣に立った。

「引田の目的は、われらに近づくだけでなく、隠し銀山を突き止めることですかな。あの宮大工どもは、そのために連れてきた」

村垣は川村を向くと、

「いかがいたしますか。引田と宮大工どもを探りますか」

川村は考えていたが、

「いや、われらの役目はあくまで庄内領の探索じゃ。横道にそれるわけにはいかん」

村垣はうなずくと風呂にいった。


翌朝、川村と村垣は酒問屋山崎屋を訪問した。

べつに、商いをおこないたいと本気で思っているわけではなく、城下の様子や領内の様子を探りたいだけである。

山崎屋は、三方領知替が実施された場合、庄内藩への売掛金の回収を心配していた。これは、山崎屋ばかりでなく、庄内藩御用達《ごようたし》の商人、共通の悩みである。

また、新領主となる川越藩松平家の対応に神経をとがらせている。当然といえば当然のことだった。

山崎屋は、酒田に行くよう勧めた。酒田は北前船の寄港地であることから、廻船問屋をはじめとする大商人がひしめいている。

山崎屋から去りぎわに、

「庄内藩の御納戸方に引田正三郎さまというお方はおられましょうか」

村垣は聞いたが、山崎屋で引田を知る者はいなかった。

引田が偽の庄内藩士であることを村垣は言い立てたが、川村はすでに関心がないとみえ、

「村々を探索しつつ、酒田に向かうとしよう」

と、炎暑にうだる城下をあとにした。

川村と村垣は知るよしもないが、引田はお勢を捕らえた鳥居耀蔵の隠し目付佐川久右衛門である。

そして、藤吉こそが水野が放った武芸十八般を身につけた手練の黒鍬者だった。

三

外記と庵斎、引田と藤吉は茶店で熱心に話し込んでいる。

「酒とつまみを追加してまいれ。ご隠居には茶と漬物をな」

引田は藤吉に財布を渡した。

藤吉は、長身を引田に向かってゆっくりと折り曲げた。無口で緩慢《かんまん》な動作は、有能な小者とは思えない。

「おや、ふむ、ふむ」

庵斎は『秘本おくのほそ道』のある箇所に視線を落とした。

「いかがなされた」

引田は期待のこもった目を向ける。

「いや、その、些細《ささい》なことなのですがな」

庵斎は何事か、ぶつぶつとつぶやいた。

「お聞かせくだされ」

引田は身を乗り出す。

「この松島を訪れたところです」

庵斎がその箇所を開き、引田に見せた。引田は無言で視線を落とす。

「芭蕉翁は、松島では句を詠まなかったのです」

「そうですな」

「松島のあまりの絶景に圧倒されてのことです。代わりといってはなんですが、曾良が詠んでいる」

庵斎は曾良の句を指差した。

「松嶋や鶴に身をかれほとゝぎす」

引田が詠み上げる。

「曾良は松島の絶景には鶴こそがふさわしいと考え、ほととぎすに向かって、鶴の姿になって鳴き渡れ、と呼びかけたのですな」

庵斎が句の説明をしたところで、藤吉が酒と漬物、茶を盆に載せて戻ってきた。

「それが、得心のいかぬ点でもござるか」

引田は、徳利《とつくり》を庵斎に向けた。庵斎は猪口《ちよく》で受けると、口をつけず畳に置き、話をつづける。

「曾良の句の隣、すき間がござろう」

庵斎が言うように、紀行文と句のあいだが不自然なほど空いている。

「たしかに」

引田は口に運んだ猪口を畳に置いた。

「これは、ひょっとして」

外記が覗き込んだ。

庵斎もうなずく。

「どれ」

外記は藤吉に頼み、店で蠟燭を借りてこさせた。蠟燭がくると火を点《つ》け、曾良の句の横のあたりを炙《あぶ》る。

「やはり」

外記は庵斎と引田に見せた。

「炙り字か」

引田は目を剝くと、「さすがは忍びじゃ」と感心したように言い添えた。炙り字は、みょうばんなどを溶かした液で紙に字や絵を書き記し、火で炙ると浮き出す仕組みである。

「松嶋や白鶴さえも羽黒なり、ですか」

庵斎は炙り字を読んだ。

「松島の絶景は白鶴の羽根さえ黒く見えるほどだ、という意味ですな。芭蕉翁にしてはつたない句だ」

引田が言うと、外記はわずかに笑みを浮かべた。

庵斎は咳《せき》払いすると、

「つたない句であるから、炙り字にしたのではござらん。炙り字にした目的は、隠し銀山に関係すると、考えていいでしょう」

と、炙り字を指差した。

「ということは……」

引田は目を光らせる。

「羽黒なり、とは羽黒山を示していると考えていいでしょう。現に、芭蕉翁は羽黒山にも六日間という長期間滞在しています」

「すると、隠し銀山は羽黒山に」

「おそらくは」

庵斎は口をつぐむと、『秘本おくのほそ道』を手に取り、めくっていった。

「これが羽黒山で詠んだ句ですな」

庵斎は、

「有難《ありがた》や雪をかほらす南谷《みなみだに》」

「涼しさやほの三《み》か月《づき》の羽黒山」

芭蕉が羽黒山で詠んだ句を指差した。

「ありがたやの句は、芭蕉翁が羽黒山の南谷の別院で詠まれた句です。夏にもかかわらず残雪をいただいた月山のほうから雪の薫《かお》りを運んできて、南谷に雪を香らせているようだと、詠まれているのですな」

庵斎は喉が渇いたのか、猪口を口に運んだ。

「そして、涼しさやのほうは」

庵斎はここまで言うと、「おや」と首をひねった。

「どうなされた」

引田はいぶかしげな声を出す。

「いや、この句、おかしいな」

庵斎は自分の『おくのほそ道』を広げた。

「秘本のほうは、『涼ほしやほの三か月の羽黒山』とありますな」

「たしかに」

「しかし、正しくは、わたしがさきほど詠んだごとく、『涼しさや』です。そもそも、この句は羽黒山の杉の木立のあいだからほのかに見える三日月を眺め、涼しさの中に霊域《れいいき》のありがたさや尊さを句に込めたものです」

庵斎は熱のこもった口調になった。

「それが、涼ほしやとは。涼風がほしいほどに暑かったのであろうか」

引田は首をひねる。

「引田どのは、庄内のお方ゆえ、羽黒山におもむかれたことはありましょう」

外記が聞いた。

引田は、わずかに戸惑いの表情を浮かべた後、

「むろんでござる」

外記は鷹揚にうなずくと、

「であれば、真夏であろうと、羽黒山の冷んやりとした冷気はご存じであろう。ましてや、夜でありますからな」

「すると、涼風がほしいほど暑かったというわけではない。すると、涼ほしや、とはいかなることで」

「すず、すなわち、錫《すず》でござるよ」

外記は指で畳に、「錫」の字を書いた。

引田は腕組みした。

「そして、ここにも」

庵斎は『涼ほしや』の句の横を指差した。ぽつんと空いている。

「炙り字、いや、炙り句ですな」

引田はうなずいた。庵斎も外記もうなずく。

「では、さっそく」

外記が火を使って炙り出した。

「おもしろき愛しき石鈴鳴った」

と、庵斎が炙り出された句を読み上げた。

「これまた、つたない句ですな」

引田は眉間《みけん》にしわを寄せた。

「芭蕉翁はこの句に隠し銀山のありかを込めたのです。したがって、句の出来はどうでもよかったのではないですかな」

庵斎は芭蕉をかばうように言う。

「そう考えれば、芭蕉が詠んだとはとうてい思えない、つたない句ということはわかる。しかし、この句のいったいどこに……」

引田はふたたびうなった。

相変わらず蟬の鳴き声が耳につき、街道には陽炎《かげろう》が立ち上っている。

四

庵斎は懐紙と矢立てを取り出した。ついで、炙り出した句を書きつける。
おもしろき
いとしきいし
すずなつた

と、庵斎は句を平がなで書き並べる。

「さて、と」

庵斎は、引田に思わせぶりな笑顔を向けると、

「この句のここを」

と、筆で丸印をつけていった。その箇所は、お、い、す、き、し、たという句の最初と最後の文字である。

「これが？」

引田は小首をかしげる。

「句に、秘事を込めておるのです」

庵斎は言うと、懐紙をもう一枚取り出し、

「おいすきした」

と、丸印を打った文字を書き、さらに、

「老い杉下」

と、書き加えた。

すると引田が、

「何故、最初と最後の文字を抜き出すのでござる」

得心がいかないと庵斎の話を遮った。

「そういうものなのです」

さらりと庵斎は答えた。

「そういうもの……、で、ござるか」

「貴殿は俳諧に通じておられぬゆえ、不審がられるかもしれぬが、俳諧に秘事を込める場合の手法なのです」

「ほほう……。これは素人ゆえ失礼申した」

疑念が解けたのか引田は感心したようにうなずいた。

「芭蕉翁が俳諧に込めた秘事は、老い杉下、ですぞ」

言葉に力を込め庵斎は断じた。

「老い杉下……」

引田は懐紙を取り上げ、声を出した。

「さよう」

庵斎は大きくうなずく。

「これが？」

新たな疑念が生じたようで引田は再び首をひねった。

「おや、引田どのはご存じではござらぬか」

今度は外記が首をひねる。引田は怪訝な顔を外記に向けてきた。

「羽黒権現《はぐろごんげん》には樹齢八百年という杉の大木が二本ござる。通称爺杉《じじすぎ》と婆杉《ばばすぎ》と呼ばれております」

外記はうまそうに茶を飲み干す。

「ああ、あれですか」

引田は頭を振った。それから表情を引き締め、

「すると、その爺杉もしくは婆杉の下に隠し銀山の入り口があると」

「実際に、隠し銀山があるかどうかはわかりませんが、芭蕉翁はそのように、書き残されたのです」

庵斎は咳払いした。

引田は酒を飲み干すと立ち上がった。

「いや、師匠、大変に興味深い話を聞かせてくださり、まことにありがとうございました。拙者も俳諧を始めたくなりましたぞ」

「ぜひ、おやりくだされ」

庵斎は会釈を返した。

「師匠とご隠居はどちらへ」

「芭蕉翁を偲んで、羽黒権現に向かいます」

庵斎が答えた。

「ついでに、隠し銀山でも掘り当てましょうかな。がっはははっ」

外記が愉快そうに笑うと、

「それはいいですな」

引田も笑顔で返し、鶴岡へ向かう、と外記と庵斎に別れを告げた。

外記と庵斎はうだるような暑さが残る街道を羽黒山に向かった。

「引田め、えさに掛かりましたな」

庵斎は吹き出した。

「うむ」

外記は、月山を眺めやると芭蕉の句を思い出し、

「さすがは、芭蕉。よい句をひねるわ」

と、ため息をついた。

「お頭も俳諧をなさってはいかがですか」

庵斎も月山を仰ぎ見る。

「いや、わしには無理じゃ」

外記は首を振ると、

「それにしても、そなたのほうはひどい句をつくったもんだな」

と、顔をしかめた。

庵斎は心外だとばかりに、

「あれは、句をつくるというよりはえさ作りでしたからな。芭蕉翁の顔に泥《どろ》をぬることは百も承知の苦肉の策です」

「わかった。わかった。ま、そう怒るな。それにしても、引田が、お、い、す、き、し、た、そなたが抜き出したことに疑念を抱いた時は、少々まずいと思ったぞ」

「あの時はわたしもどきりとしました。少々強引と思いましたが、押し切りました」

「自信たっぷりなそなたに引田め、まんまと欺かれおった。庵斎、中々の役者よな」

外記はさすがだと庵斎を誉めそやした。

庵斎は機嫌を直した。

「さて、羽黒権現に参拝にいくか」

外記と庵斎はふたたび歩きはじめた。

宿坊がひしめく門前町手向《とうげ》に到った。外記と庵斎はそのうちの一つ、太郎坊《たろうぼう》に逗留することにした。

羽黒権現は推古《すいこ》天皇元年（五九三）、崇峻《すしゅん》天皇の第一皇子蜂子《はちこの》皇子によって開山されたと伝えられる。湯殿山、月山とともに羽州三山と称され、修験道の聖地として古来、崇敬《すうけい》を集めてきた。山頂には、三山の神を祀《まつ》った合祭殿が建立《こんりゅう》されている。

太郎坊は参籠《さんろう》客でにぎわっていた。

外記と庵斎は、宿坊で参籠のための山伏《やまぶし》の装束を借りた。通常、旅人は宿坊で山伏の姿になった。芭蕉も曾良もそうした。

真っ白な摺《す》り衣《ごろも》、朱色の太襷《ふとだすき》に鏡とほら貝をかける。外記と庵斎は装束をととのえると、錫杖《しゃくじょう》を手に羽黒権現に向かった。

宿坊や茶店がつづく参道を、急ぎ足で随身門《ずいしん》を目指す。

「八つ半（午後三時）か、山頂まで行って帰ってくると、ちょうどよい頃合いだろう」

外記は斜めに傾いた太陽を仰いだ。

随身門をくぐりしばらく進むと、下りの石段がつづく。

石段の両側には、天を衝《つ》くような杉の木立がうっそうと生い茂っていた。夏の日差しが木立にさえぎられ、冷気が漂っている。

石段を降りると、川のせせらぎが聞こえた。朱色の欄干《らんかん》を施《ほどこ》した神橋《しんきょう》が見えてくる。祓川《はらい》と呼ばれる渓流が流れていた。神橋の右手で、滝が涼しげな水しぶきを跳《は》ね上《あ》げている。

山伏の装束に身を包んだ者たちが、滝に向かって両手を合わせていた。

霊山《れいざん》に足を踏み入れたことを実感させる。涼しげな冷気、滝の音、川のせせらぎまでもが、心を清めてくれるようだ。

外記は庵斎をうながし、さらに奥へと進む。

「おお、これは、想像以上ですな」

庵斎は感嘆《かんたん》の声をあげた。外記は息を呑《の》んで見上げる。

そこには、二抱えもあろうかという大木が二本、天に向かって枝を張っていた。

「爺杉と婆杉じゃ」

外記は爺杉に歩み寄った。庵斎は婆杉の横に立つ。

「羽黒権現の境内に数多《あまた》ある杉の主と妻じゃな」

あたりの木々を睥睨《へいげい》する夫婦の姿は、まさしく主と呼ぶにふさわしい風格を感じさせる。

「引田のやつ、これを見たら、さぞかし、隠し銀山の入り口と感心するじゃろうて」

外記は爺杉の木肌をなでた。ひんやりとした手触りのなかに、不思議なあたたかさを感じる。

「しかし、お頭。引田はここに来て隠し銀山の入り口など、どこにもないことを知るでしょう」

庵斎も木肌をなでた。

「知ってもいいではないか」

「と、申されますと」

「引田は一人では来まい」

「藤吉とか申す、小者がおりますな」

「小者ばかりではない。鶴岡に行くと申しておった。引田と藤吉二人だけでやってくるとしたら、われらといっしょに来たはずじゃ。それが、鶴岡に行ったとなると」

「仲間を連れてくるのですな」

「そうじゃ」

外記は老杉から離れ、あたりを見回し、

「仲間といっしょにやってきて、ここらを調べ尽くすだろう。そこを一網打尽にする」

頼もしげに爺杉を見上げた。

五

外記と庵斎は老杉を離れ、奥へ進んだ。

杉の木立に囲まれ、平将門《たいらのまさかど》建立と伝えられる五重塔が、天に向かって屹立《きつりつ》している。

外記と庵斎は、五重塔を左手に見ながら石段を登った。

「石段、二千段以上ありますよ」

庵斎は、杉の木立のあいだに果てしなくつづく石段を見上げた。

蟬と野鳥の鳴き声が降りそそぐ石段は、参籠する者たちが錫杖の金の輪を鳴らしながら汗を拭き拭き、登り下りしている。

「行くぞ」

外記は先に立ち、錫杖を石段についた。

外記と庵斎は山頂までの半ば、二の坂にある茶店で一服した。参籠客であろう山伏装束の集団がいた。

冷気を含んだ風に吹かれ、木立に囲まれているとはいえ、真夏の最中である。長大な石段を登ってきて、さすがに汗ばんだ。喉もからからである。

　茶店に入り、冷たい水を飲むと、生き返る心地がする。しばらく、木陰にそよぐ風に吹かれ、蟬の鳴き声に身をまかせた。

　外記と庵斎が江戸からやってきたというと、山伏たちは親しげに話をしてくれた。

「ところで、つかぬことをお聞きいたすが」

　外記は山伏の一人で、頭である山田坊《やまだぼう》という男に声をかけた。

「なんですかな」

　山田坊はにこやかに応じた。

「爺杉あたりに、なんぞ、財宝でも隠されておるのですかな」

「財宝……？」

　山田坊は首をひねった。

「さよう」

「聞いたことござらんが」

　山田坊は言うと、

「なにゆえ、そのようなことを」

　と、今度は外記に問いかけた。

「やはり、いい加減な話だったか」

外記は独り言のようにつぶやくと、

「じつは、清川の船着き場の近くで、男たちがこそこそ話をしておったのです。それが、つい、気になりましてな」

男たちは、徒党を組んで夜中、闇にまぎれて羽黒権現の老杉を掘り返すという。

「なんでも、そこに、平将門が隠した財宝が眠っておるそうです」

外記は苦笑した。

「爺杉と婆杉近くの五重塔は将門の建立と伝えられます。爺杉も婆杉も、将門が植えたと伝えられていますよ」

山田坊も笑う。

「男たちによりますと、爺杉や婆杉はそもそも、財宝を隠し、そのうえに目印になることを目的に植えたというのですな」

「たしかに、二本の老杉は無数に生い茂っている木々にあっても、ひときわ目立っていますがな。埒《らち》もない」

山田坊は舌打ちし、

「いずれにしても、神聖な境内を盗賊どもに荒らされるのは我慢できん」

と言うと、盗賊を捕縛し懲らしめてやると息巻いた。

外記は庵斎と顔を見合わせ、ニッコリした。

翌日の夕刻、外記と庵斎は行動を開始した。

わずかに夕陽が残るころ、羽黒権現の随身門をくぐり、爺杉と婆杉を目指す。杉の木立のあいだから、茜色の日差しが差し込み、蟬は鳴きやんで、祓川のせせらぎがあたりを覆っている。

外記と庵斎は爺杉と婆杉を通りすぎ、五重塔に到った。

「さあ、ここで待ち伏せじゃ」

二人は五重塔の近くで腰を降ろした。

「まずは、腹ごしらえといくか」

外記は、竹の皮に包んだにぎり飯を取り出した。庵斎もにぎり飯を頰張る。

引田がやってくるのを待つ。わずかに残った夕陽が落ち、漆黒《しっこく》の闇があたりを覆った。

「涼しさやほの三か月の羽黒山、か」

外記は杉の木立のあいだから覗く、三日月ならぬ満月を見上げた。

「お頭」

一刻（約二時間）ほど経過し、庵斎がささやいた。

「うむ。来たな」

祓川のほうから明かりが向かってくる。どうやら、松明《たいまつ》を灯しているようだ。

外記と庵斎は足音を忍ばせ、老杉に向かう。背後にうっそうと茂る、木立のあいだに身をひそませた。

月明かりに照らされ、黒装束に身を包んだ男たちが蠢《うごめ》いている。男たちは松明を手に、爺杉と婆杉を取り巻いた。

「十二人か」

外記はささやいた。

「引田の姿もあれに」

庵斎は指差した。

月明かりが蒼白く浮かび上がらせた黒装束の蠢きの中に、引田と藤吉の姿があった。

外記は庵斎をうながす。庵斎は、足音を忍ばせ五重塔へ向かった。

「このあたりのはずじゃ。探れ」

引田は配下の者に命じた。

男たちは、松明で足元を照らす者と、鍬《くわ》を手にあたりを掘り返す者に分かれた。鶴岡の旅籠で川村、村垣の隣室に宿泊した連中、すなわち、水野が送り込んだ黒鍬者だった。

その中にあって、外記の目を引いたのは藤吉である。

藤吉は、鍬を持ち爺杉と婆杉の周辺を手早く掘り返したり、地に伏して耳をつけ坑道のありかを探ったりしている。昼間に見かけた緩慢な動作とは別人のような敏捷《びんしょう》さである。

「火薬を使ってもよい」

引田は叱咤《しった》した。藤吉があたりを見回り、黒鍬者たちに火薬をしかける場所を指示していった。

深閑《しんかん》たる境内で、闇にまぎれて男たちが鍬を振るうのは異様な光景だった。

半刻（約一時間）ほどのち、

「お頭、万端ととのいました」

庵斎が戻ってきた。

「うむ、ならば」

外記は庵斎にうなずいた。庵斎はふたたび闇の中に消える。

外記のことなど知るよしもない引田は、松明を片手に、爺杉と婆杉のまわりを歩きまわっている。

すると、草むらを踏みしめる足音がした。が、作業に夢中になっている引田たちは気がつかない。

「狼藉者！」

甲走《かんばし》った声が木立にこだました。

引田たちの動きが止まる。

「神聖なる境内で狼藉を働きおって」

山伏姿の男たちが、引田たちを輪になって取り巻いた。

「なにをしておるのだ」

山田坊が怒鳴った。

「…………」

引田は言い訳の言葉を見つけることができず、押し黙った。ほかの連中も口を閉ざしてしまった。

「こちらへ来い」

山田坊が引田に近づいた。

「おのれ！」

引田は意味不明の言葉をわめきたて、山伏の輪を突破する。

山伏たちと黒鍬者のあいだで、争いが起こった。しかし、数で勝《まさ》る山伏が圧倒し、次々と黒鍬者を捕縛していく。

その中で、引田ともう一人が捕縛の輪を逃れ、祓川に向かって逃走した。もう一人は藤吉であろう。

外記は引田を追い、飛び出す。

引田と藤吉が神橋を渡るのが見えた。急げば追いつけそうだ。

が、外記は二人が境内を出るまでは、手出ししないつもりだ。境内を血で穢《けが》すわけにはいかない。

六

引田と藤吉は滑らかな動きで随身門をくぐった。

外記も、息を乱すこともなく追いかける。

石灯籠《いしどうろう》が灯され、参道に淡い灯《ひ》を投げかけている。真夜中を迎えた参道には人影はなく、静寂の闇が広がっていた。

「待て！」

外記は引田たちの動きを止めようと声を放った。

引田の身体がぴくんとしたと思うと、わずかに歩速が緩《ゆる》まる。

外記は二人を追い越すと、

「待てと言ったのがわからんか」

二人の前に立ちはだかった。

「何者じゃ」

引田には参籠の装束に身を包み、錫杖を手にした男が、江戸の小間物問屋相州屋の隠居重吉とはわからないようだ。

「これは冷たい、旅は道づれ、ともに旅した仲ですぞ」

外記は顔を上げた。

月明かりに外記の顔が蒼白く照らされる。

「おまえ、俳諧師といっしょにいた」

引田の声には、戸惑いが混じっていた。

「思い出してくれましたかな」

外記はニヤリとする。

「なんじゃ。なんでこんなところにおる……。そうか、貴様、われらを罠《わな》にはめたな」

引田はしぼり出すような声を出した。

「がっはははっ」

外記は腹を抱えた。

「すると、羽黒権現に隠し銀山があるというのはうそか」

引田は悔しげに足で地べたを蹴《け》った。

「羽黒権現もなにも、庄内領に隠し銀山などありはしない」

外記は毅然と言い返した。

「では、芭蕉はうそを書いたということか。それとも、『秘本おくのほそ道』には別のなにかが書き記されているのか。あの炙り字はなにを意味する。俳諧師が示した解釈はでたらめというか」

自分がおこなってきたことが徒労《とろう》であることを認めたくないのか、引田は次々と疑問を口にした。

「そもそも、『秘本おくのほそ道』などありはしないのだ」

外記は気の毒そうに顔をしかめた。

「しかし、あれは」

水野さまが上さまより借り受けた書物……と言いかけて、言葉を呑み込んだ。絶対に口が裂けても言ってはならないことだ。

「あれは、偽書だ」

外記はきっぱりと言い切った。

「偽書、何者がしたためたのじゃ」

引田は悔しげにうめくと、

「わからんか」

外記は思わせぶりな声を出す。

「…………」

引田は言葉を呑んでいたが、

「まさか、あの、俳諧師か」

と、つぶやいた。

「そうじゃ。やつがつくった。自分がつくったのじゃから、絵解きもできるはずじゃ」

「きさまら、いったい何者じゃ。なにゆえ、そんな手の込んだことをしてわれらを罠にかけた」

「それを申すわけにはいかん」

「庄内藩の隠密か。そうであろう」

引田の問いかけを無視するように、外記は左手を腰に添え、右の掌を広げて前方に突き出し、深く鼻から息を吸い口から吐き出すことを繰り返した。全身に血が駆け巡り、丹田に気が溜まる。

「おのれ！」

引田は大刀を抜いた。

「きえ！」

それまで黙り込んでいた藤吉が奇声を発し、外記に斬りかかった。手に脇差が握られている。

藤吉の思いもかけない鋭い動きに、外記は体勢を崩し、地べたに倒れ伏した。気送術を放てないまま、藤吉の脇差が襲いかかる。

外記は転げながら刃を避けた。

が、藤吉は容赦《ようしゃ》ない。獲物《えもの》に襲いかかる鷹《たか》のような鋭さと速さで、外記を追い詰める。

——爺杉での動きといい、剣の腕といい、こやつめ、ただの黒鍬者ではない。

外記は右手の錫杖をくり出そうとしたが、藤吉はその余裕を与えない。

引田は大刀を鞘《さや》に戻し、短筒《たんづつ》を取り出して外記にねらいを定めようとした。

が、外記の動きが速すぎ、ねらいをつけられない。

左手で土をつかむと、外記は回転しながら藤吉に投げつけた。
一瞬、藤吉の動きが止まる。
外記は跳ね起きると、石灯籠の陰に身を躍《おど》らせた。
そこへ、藤吉の脇差が襲いかかる。
脇差は石灯籠にぶつかり、鋭い音と火花を飛び散らせ、刃が削《けず》れた。
が、藤吉はおかまいなく脇差を振るう。
外記は錫杖を振り回し、対抗した。
錫杖の金の輪が鳴り響く。
外記の錫杖と藤吉の脇差が何度かぶつかり合う音がこだました。
やがて、藤吉の脇差が力尽きたように真っ二つに折れた。
「藤吉、どけ」
引田の甲走った声がする。
火縄《ひなわ》の燃えるにおいが夜風に運ばれてくる。
外記の眼前から藤吉の姿が消え、短筒を構えた引田の勝ち誇った姿があらわれた。
すかさず、外記は腰を落とす。
丹田は気で溢れていた。

「でやあ！」

鋭い気合とともに、右の掌を広げて前方に突き出した。

夜にもかかわらず陽炎が立ち上り引田の身体が揺らめくや、相撲取りの突っ張りを食らったように後方に吹き飛んだ。丹田呼吸によって蓄えた気に加え、藤吉との予想外の戦闘による気が加わり、いつもよりも強力な気が放たれたとあって、引田は弧《こ》を描き、地べたにたたきつけられた。

ダァーン！

月に向かって、鉄砲玉が飛んでいく。

引田に駆け寄ると、引田の脇差を抜き、喉笛《のどぶえ》を突いた。

引田はごぼごぼと喉を詰まらせながら、絶命した。

「お頭」

庵斎が追いついた。外記は目のはしで藤吉が逃走する姿をとらえた。

「太郎坊で待っておれ」

外記は庵斎に言い残すと、藤吉を追った。

七

藤吉は、鶴岡街道を清川に向かって道を急いだ。

外記は錫杖を手に、月明かりを頼りにそれを追う。

——あやつ、隠密だ。このまま捨ておけん。

必死で追いかける。が、藤吉との距離を詰めることができない。

暗闇に広がる田んぼには、蛙《かえる》の鳴き声がのどかに響き渡っている。

やがて、地平の彼方に朝焼けが、柿色の帯をつくった。日の出は、まもなくだ。

と、みるみる外記の速度が落ちた。

額に汗をにじませ、息が上がる。

藤吉はそんな外記を嘲笑《あざわら》うかのように、逆に速度を上げていく。

聞いたことがある。黒鍬者の中には、武芸十八般を身につけた手練の者がいることを。

が、外記は焦らなかった。

藤吉が目指しているのは、清川にちがいない。そこで舟に乗って最上川を下り、酒田に出るつもりだろう。

はたして、清川に着くと、藤吉は船着き場で休憩している小鵜飼船に飛び乗った。

驚いた船頭に懐剣を突きつけ、無理やり船を出させる。船に、筵《むしろ》に包まれた米俵《こめだわら》が積んである。

船頭は最上川に漕《こ》ぎ出《だ》した。帆《ほ》が風を受けて流れに乗り、滑るように川を下っていく。

外記は土手の上からあたりを見回した。あいにく、船着き場につながれている船は見当たらない。

と、筏《いかだ》が流れてきた。筏師が竿《さお》をたくみにあやつっている。

外記は石段を駆け下り、桟橋を走り抜けると大きく跳躍《ちょうやく》した。

外記の身体は大きく弧を描いて、筏に着地した。

「おんや、なにするだ」

筏師と筏が大きく傾いた。

水しぶきが立ち、筏師と外記に襲いかかる。

「すまん、わけありだ。あの船を追ってくれ」

筏師から怪訝な顔を向けられ、

「あいつ、女房に間男《まおとこ》をしかけたのじゃ」

外記は金一両を握らせた。

「羽黒権現さまに参籠の留守にかかね」

筏師の顔が感謝と同情に彩られた。

外記は情けなさそうにうなだれた。

「そら、許せねえだ」

筏師は、「まかせろ」と両手に唾を吐きかけ、竿を握り直した。

途中、酒田から上ってくる小鵜飼船やひらた船を右手に見ながら、藤吉の乗った船を追いかける。

川は両側に迫る山の緑を映し、朝日に水面《みなも》をきらめかせている。ゆうゆうとした揺れに身を任せていると、たちまちにして急流が襲いかかる。

外記は筏に尻餅《しりもち》をつき、水しぶきを浴びながらも藤吉から視線をはずさない。

筏は藤吉の船に迫っていく。

「観念しろ！」

外記の声は水しぶきにかき消された。

「この、間男野郎！」

筏師の声は日ごろ、舟唄で鍛《きた》えているせいか、山峡《さんきょう》にこだまする。

藤吉は一瞬怪訝な顔をしたが、ニヤリと不敵な笑みを浮かべ、船の積荷に手をかけた。

ついで、筵をめくり、米俵を筏目がけて投げてきた。

米俵は川面に落ち急流に吸い込まれた。俵からこぼれ落ちた米が、川面を白く染める。

小鵜飼船は荷が軽くなったせいで、速度が上がった。

「大事な、米を。許せね」

筏師は竿に力を込める。

筏師の執念が実り、筏はふたたび小鵜飼船まで間近に迫った。

すると、藤吉は懐中から黒色の金属片を取り出した。

——手裏剣《しゆりけん》か。

外記は筏師の前に立つ。

藤吉は外記目がけ、次々と手裏剣を放ってきた。が、急流に浮かぶ船の上では、いかに武芸十八般の手裏剣術を身につけた藤吉といえど、ねらいどおりにはいかない。

くり出された手裏剣は、鈍い光を放ちながら筏に当たったり、川面をかすめたりした。

それでも二個が外記を襲った。外記は錫杖で跳ね返す。

藤吉は舌打ちすると、ふたたび懐中に手を入れ玉状の形をした物体を取り出した。

——焙烙玉《ほうろく》だ。

「伏せろ」

外記は筏師に飛びつき、筏に伏せた。

藤吉は焙烙玉の口火に火を点け、筏に向かって投げる。

そのとき、外記が錫杖を投げつけた。

錫杖の金具がきらめき、川風を切り裂く。

が、錫杖はわずかに藤吉をそれ、帆を切り裂き急流に吸い込まれた。

体勢を崩した藤吉の手から放たれた焙烙玉は、筏をはずし、川面に沈んだ。

筏の横で爆音とともに水柱が立った。すさまじい揺れと水しぶきが筏を襲う。外記と筏師は丸太にしがみついた。

一方、小鵜飼船も帆が切り裂かれ、船頭が思うようにあやつれない。

小鵜飼船と筏は急流に呑み込まれるように、川面を滑っていく。

やがて、小鵜飼船は急流の渦《うず》に向きを変え、舳先《へさき》が筏のほうに向いた。船頭は艪《ろ》をあやつり、岸に着けようとしている。

筏も落ち着きを取り戻し、小鵜飼船の横に着けた。

外記は小鵜飼船に飛び移る。

藤吉は懐剣を抜いて待ち構えていた。

揺れる船上を、外記は腰を屈《かが》めながら藤吉に近づく。藤吉も腰を落とし、懐剣を外記に突き出した。外記はかろうじて避けると藤吉の腕をつかみ、懐剣を落とそうとする。が、激しく揺れる船上とあって力が入らず、思うような動きができない。二人は、自然と揉《も》み合《あ》うかたちとなった。

戦いに夢中になっている二人は気づくよしもないが、小鵜飼船は大きな岩に迫っていた。はたして、小鵜飼船は逆向きの格好のまま、尻から岩に激突した。

船頭は前のめりに倒れる。

外記と藤吉は川に投げ出された。

小鵜飼船は川面をさまよい、やがて川岸に漂着した。筏は、遠くに下っている。

外記と藤吉は川の中でも、もつれ合っていた。

藤吉は水練《すいれん》も達者である。急流に流されることもなく、外記の身体をつかみ、懐剣をくり出す。外記はそうはさせじ、と藤吉の右腕をつかんだ。

二人はどちらからともなく、息をしようと川面に顔を出した。

大きく息を吸うと、ふたたび水中で戦いがはじまる。

藤吉は左手で川底をさらい、石をつかんで外記の頭を打った。外記の左のこめかみが切れ、出血した。外記の腕が藤吉から離れる。

藤吉は外記を川底に沈めようとおおいかぶさった。柔術の技《わざ》をくり出し、外記の動きを封じ込める。

藤吉は懐剣を握り直して、振り下ろした。

懐剣は外記の装束を切り裂き、左脇腹をかすめた。外記の血が急流を赤い糸のように流れていく。

藤吉はとどめを刺そうと、懐剣を大きく振り上げた。おおいかぶさっていた藤吉の身体がわずかに浮く。

すかさず外記は、懐剣を持った藤吉の右腕を左腕でねじり上げた。藤吉の顔がゆがんだ。

そこへ、今度は右手で目潰《めつぶ》しを食らわせた。

藤吉はたまらず懐剣を落とす。懐剣は、水中に生える藻《も》の中に消えた。

外記は起き上がり藤吉に馬乗りになると、藤吉の足に自分の足をからめ、動きを封じた。

藤吉は手足をばたつかせ、もがき苦しみはじめる。

今度は外記が得意技をくり出す番だ。

さきほど大きく息を吸い込んだことで、菅沼流気送術により、四半刻（約三十分）息を止めても平気である。が、藤吉のほうはそうはいかない。武芸十八般に気送術はないのだ。

やがて、藤吉の口からごぼごぼと気泡が出た。

そして、時を要することなく、藤吉は動かなくなった。

外記は川底にある大きな石をいくつか取り、藤吉の身体に置いた。さらには、藻の中に隠す。

ゆっくりと川面に出ると、外記は川岸まで悠然《ゆうぜん》と泳いだ。

「ふう」

川を見下ろした。

最上川は外記と藤吉の激闘などなかったかのように、平穏に流れている。

川面には小鵜飼船やひらた船が行き交い、船頭の唄う舟唄が山峡にこだましていた。

山の緑が夏の日差しに映え、蟬時雨がやかましく降り注いでいる。

藤吉の亡骸《なきがら》が浮いてくることはなかった。


外記は太郎坊に戻り、庵斎といっしょに川村と村垣を追った。

庵斎は外記の無事を見て、安堵の表情を浮かべた。

「これで、水野や鳥居の放った隠密の息の根を止めた」

外記も笑みを浮かべる。

「さあ、鶴岡へ行くぞ」

外記は鶴岡街道を眺めた。強い陽光に道がゆがんで見える。

「鶴を見に陽炎立つや二人旅」

と、庵斎は句をひねり、

「どうも、うまくないな。芭蕉翁を汚す句をつくった報《むく》いか」

つぶやいた。

第五話　呪縛《じゅばく》

一

菅沼外記と村山庵斎は酒田に入った。
鶴岡の旅籠《はたご》を当たり、江戸から来た酒問屋の二人連れが酒田に向かったことを確認したうえでの行動だ。

酒田湊は寛文《かんぶん》十二年（一六七二）、河村瑞賢《かわむらずいけん》が日本海側の西廻り航路を整備し、最上川流域にある幕府の直轄領である天領の米を江戸へ廻漕《かいそう》する航路の起点にしたことにより、発展した。さらに、蝦夷地《えぞち》の松前《まつまえ》までを結ぶ日本海の交易路が確立されると、北前船の寄港地として、大きく栄えた。

春から初秋にかけて三千艘《そう》におよぶ北前船が寄港し、瀬戸内の塩、上方の木綿《もめん》、古着、出雲《いずも》の鉄、南部《なんぶ》・秋田・津軽《つがる》の木材、蝦夷地の鰊《にしん》など、さまざまな物資が運び込まれる。

また、最上川の水運によって運ばれてくる紅花《べにばな》、青苧《あおそ》、大豆、煙草《たばこ》などが上方へ送られた。

酒井家は酒田の亀ヶ崎《かめがさき》に支城《しじょう》をもっている。城といっても濠《ほり》は埋められ、土手は崩されて町家《ちょうか》となっていた。城には城代《じょうだい》が常駐し、その下に町奉行《ぶぎょう》一人、物頭《ものがしら》二人、平士《へいし》二人、足軽《あしがる》五十人が置かれた。

こうした小規模な人数であることから、町政の実務は豪商の中から選ばれた三十六人衆が担っている。

戦国時代の泉州堺《せんしゅうさかい》に似た自治都市といえる。

三十六人衆に選ばれるには、本町《ほんちょう》通りに住まいがあり、資産家であることはいうにおよばず、人格高潔であることが求められた。

その三十六人衆の中心となっているのが、本間家である。


外記と庵斎は、日和山《ひよりやま》と呼ばれる小高い丘に登った。

ここからは、湊に出入りする北前船の様子を一望の下に見渡すことができる。このときも廻船問屋の丁稚風の小僧たちが遠眼鏡《とおめがね》を沖に向け、目当ての船の寄港を待ち構えていた。

「なんとも壮観ですな」

庵斎は感嘆《かんたん》の声をあげた。

外記は言葉を呑み込み、湊に寄港する弁財船《べざいせん》を眺める。千石船《せんごくぶね》とも呼ばれるこの巨船の大きな帆《ほ》が潮風にはためき、日差しをまぶしく照り返していた。

紺碧《こんぺき》の空の下、藍《あい》色の海が広がり、波の白さはうさぎが飛《と》び跳《は》ねているようだ。遠く霞《かす》んで飛島《とびしま》が見える。

陸《おか》では、大勢の荷揚げ人足が赤銅色に日焼けした上半身をもろ肌ぬぎにし、まるで蟻が群れるように荷を運んでいる。

「行くぞ」

外記に肩を叩かれ、庵斎はわれに返ったように歩き出した。

二人は、廻船問屋が軒をつらねる本町通りに足を延ばす。本町は一丁目から三丁目まで通りの両側に、ずらりと廻船問屋が立ち並んでいる。

本間家がいとなんでいる新潟屋《にいがたや》はそのほぼ真ん中、二丁目にあった。

店に入ると、土間の向こうに真新しい畳が敷き詰められ、丁稚、手代《てだい》がせわしげに客の応対にあたっている。

庵斎は丁稚の一人をつかまえると、主人に会いたいと申し出た。

丁稚はぺこりと頭を下げると、近くにいた手代に声をかける。手代はにこやかな顔で庵斎に向かって歩いてきた。庵斎は、佐藤藤佐の紹介状を渡し、取り次ぎを依頼した。

手代は、帳場机に座っている初老の男に歩み寄り、紹介状を見せ耳打ちした。手代が戻ってきて、「どうぞ」と帳場まで外記と庵斎を案内する。

「江戸からわざわざのお越し、ありがとうございます」

帳場机の男は、頭を下げると、番頭の吉右衛門《きちえもん》と名乗った。外記と庵斎も名乗り、

「芭蕉翁を偲んで、のんびりと旅をしております」

庵斎が言い添えた。

「それは、よろしゅうございますな」

吉右衛門はにこやかに返した。

「あれは何ですかな」

外記は吉右衛門の背後に並んでいる、竹で編まれた背負い籠《かご》の山を見た。

「簞笥《たんす》代わりです」

吉右衛門は籠を振り向いた。

怪訝な表情を浮かべる外記に、

「大事な書類はこの籠に入れておきます。万が一、火事になったらすぐに運び出せるようにと、用心しておるのです」

「なるほど」

外記と庵斎は商人の知恵に感心し、店の中を見回した。

「主人光暉《みつあき》のところへご案内申し上げます」

吉右衛門は立ち上がった。

外記と庵斎は吉右衛門にともなわれ、店の向かいにある屋敷の門に立った。

廻船問屋街にあって、この屋敷のみが長屋門《ながやもん》を構えた武家風の造りである。門は固く閉ざされ、無言の威圧を投げかけていた。

「手前どもの三代当主光丘《みつおか》が御公儀の巡見使《じゅんけんし》ご一行の本陣宿としまして、明和《めいわ》五年（一七六八）に建てました。それを酒井のお殿さまに献上申し上げ、その後、下げ渡されたものにございます」

吉右衛門は、心なしか自慢げである。

「では、こちらへ」

吉右衛門は屋敷のわきに回った。外記と庵斎もあとにつづく。

白壁にそって進むと、門があった。

「主人も手前どもも、この門から出入りいたします」

門は薬医門《やくいもん》と呼ばれ、屋敷への出入り口だった。長屋門は巡見使のみが出入りするということでふだんは閉ざされ、利用されることはない。母屋も、巡見使のために建てられた武家造りと本間家の住まいである商家造りからなっている。

門に入ると、赤松が母屋にのしかかるように枝を伸ばしていた。

外記と庵斎は応接間に通された。

「本間さまには及びもせぬが、せめてなりたや殿さまに」

外記は、巷で唄われている戯歌《ざれうた》を口にした。本間家の隆盛を唄ったものだが、この歌とは裏腹に、屋敷は意外なほど質素な造りである。

酒田最大の商人、庄内藩、新庄藩、米沢藩の財政運営にも参画する大商人にはとうてい思えないほどの質素さなのだ。掛け軸も置物もこれといった名物《めいぶつ》ではない。

庭は、大小さまざまな石が配置され、松や木々は手入れよく植えられているが、中流の料理屋といった風情である。

本間家の歴代当主は質素倹約を旨《むね》とし、儲《もう》けを独占せず、領内に還元しているという噂は本当かもしれない。

まもなく、茶が運ばれ光暉が入ってきた。

「ようこそ、おいでくださいました」

光暉は中年の痩せた男だった。面長《おもなが》で色白の顔に柔和な笑みをたたえている。名字帯刀《みようじたいとう》、士分扱いを受けている落ち着きと、商人としての物腰のやわらかさとを併せもっているようだ。

　庵斎はふたたび旅の目的を語った。

　しばらく、世間話を交わしたあと、

「酒田の地に、江戸から旅芸人の一座が逗留しておりませんか」

　外記は、菊田助三郎一座のことを問いかけた。

「ああ、来ておりますよ。なかなかの評判です」

　光暉はうなずく。

「酒田のお大尽に呼ばれていく、と申しておりましたので、てっきり、本間さんが呼んだものと思いましたが」

　外記はにんまりとした。

「いいえ、わたくしどもではございません。大村屋さんですよ」

　光暉の表情に一瞬、曇りが生じた。

「やはり、廻船問屋ですか」

　庵斎が確かめる。

「そうです。いまの佐平さんで二代目ですね。なかなかのやり手ですよ。今回の領知替を見越して、武蔵川越の松平さまにもわたりをつけておられると、もっぱらの評判です」

光暉はさらりと言ってのけたが、大村屋のことを快《こころよ》く思っていないのは、目元から笑みが消えたことからわかる。

「今回の領知替、江戸では酒井さまへの同情の声が大きゅうございます」

外記の言葉を受け、

「それは、そうでしょうな。領内の者は商人、百姓みな、酒井さまには大変なご恩を受けております。できましたら、このまま酒井さまに庄内を治めていただきたいと願っておるところです」

光暉は庭に視線を向けた。

「すると、今回、庄内の百姓衆が領知替反対を訴えて江戸に上っておりますが、本間さんのお力添えですかな」

外記は光暉を見た。

「いや、そんなめっそうな」

光暉は表情を消す。

それから、雑談を交わし、屋敷を去った。

二

　そのころ、真中とお勢は酒田の城下を北上し、鳥海山を望む遊佐郷の青塚村に到った。真中は荷のほか、ばつをともなっている。お勢は権助の遺髪を懐に抱いていた。

「権さん、こんないいところで生まれ育ったんだね」

　お勢は周囲を見回した。

　眼前に山が連なり、鳥海山が巨大なこぶのように屹立《きつりつ》している。地には水田が広がり、もんしろ蝶《ちょう》がのどかに舞っていた。

　燃え立つような緑の道に、真中とお勢は汗を拭うのも忘れてたたずんでいると、豊潤《ほうじゅん》な土の香に包まれた。

「あの寺で聞いてみましょう」

　真中は田んぼが途切れたところに見える、薄汚れた白壁を指差した。お勢もうなずくと、二人は寺に向かう。蟬時雨が降り注ぎ、鳶が舞うなか、山門をくぐった。浄土真宗の総恩《そうおん》寺《じ》というのが寺の名だ。

　山門をくぐると、小坊主をつかまえ住職を呼んでもらう。

やがて、才念《さいねん》と名乗る中年の僧侶《そうりょ》があらわれた。墨染《すみぞ》めの衣《ころも》姿で、二人に歩みよると、

「暑いですな」

と、親しげな笑みを浮かべた。

お勢は自分と真中が江戸から来たこと、権助という男の家に行きたいことを話し、

「この人です」

春風の描いた水墨画を見せた。

才念はたちどころに、

「ああ、権助ですな。こいつは、たいした働き者で。村を代表して江戸に向かったのですがな」

権助の身を案ずるように青空を見上げた。

「じつは」

お勢は懐中から権助の遺髪を取り出すと、老中水野忠邦への嘆願の一件を語った。才念の表情から笑みが消えた。

「そうでしたか」

才念はうなだれ、両手を合わせてから、

「あの嘆願書は、拙僧《せっそう》が書きました」

と、顔を上げた。そして、

「遺髪を届けてやらねば」

才念の案内で、権助の家に向かうことになった。

才念は小坊主に留守を言いつけると、お勢と真中をともない山門を出た。


権助の家は総恩寺からほど近い、山の斜面に建っていた。

寄せ棟造りの藁葺きの一軒屋だ。才念は戸口に立つと、

「亥助《いすけ》、才念だ」

と、声を放った。ついで、

「さあ、こっち」

と、お勢と真中に向かって手招きをし、「亥助は権助の兄だ」と説明した。二人は戸口でうなずいた。

真中はばつを家の外に放つ。ばつは権助のにおいを嗅《か》ぎ当《あ》てたのか、懐かしげな鳴き声を出した。

薄暗い家の中から、髭もじゃの大男が出てきた。

「亥助、急なこったがな」

才念は手短に権助の一件を語った。亥助は、

「んだか……。まあ、入りなせえ」

お勢と真中を中に入れた。

荒壁《あらかべ》に囲まれた家は、右側に土間が広がり、厩《うまや》と炊事場になっている。土間には、つくりかけの草鞋《わらじ》が置いてあった。亥助が作業をしていたのだろう。

左側に筵《むしろ》敷きの板の間があり、囲炉裏《いろり》がもうけられていた。板の間のさらに左奥は、障子で閉じられている。

「お客さまだ」

亥助は障子に向かって、ぶっきらぼうな声を出した。

障子が開き、女が出てきた。

「登勢《とせ》、気を遣わんでええ」

才念は、ずかずかと板の間に上がると、囲炉裏の前に座った。真中とお勢も囲炉裏端に座る。

登勢は亥助の女房だった。亥助は権助の一件をもごもごと説明する。言葉足らずなところは才念がおぎなった。

「んだか。なんてことに……」

登勢は肩を落とし、座敷に引っ込んだ。

座敷から咳《せき》をする声がする。病床に伏せる母親だという。

「和尚《おしよう》、さあ、どんぞ」

亥助は才念、お勢と真中を導き、奥の座敷に入った。仏壇が置かれている。

お勢は権助の遺髪を亥助に渡した。亥助は仏壇に供《そな》える。

「あの、これ。知り合いの絵師が」

と、お勢は水墨画を見せた。亥助はしばらく眺めていたが、

「権助、ご苦労だったな」

涙をあふれさせた。

「失礼でごんす」

登勢が老婆に肩を貸しながら入ってきた。

「これ、見ろ」

亥助は口をもごもごさせると、水墨画を登勢に渡した。老婆は食い入るように眺めていたが、

「権助よ、はよ帰ってこい。稲刈りが待っているだ」

と、泣き崩れた。母親のよねだった。

お勢も目に涙をにじませ、肩でしゃくりあげた。

「ともかく、供養をしてやらんとな」

才念はよねの背中をさすると、仏壇に向かって経を唱《とな》えはじめる。それを合図に、みな、両手を合わせた。

仏間は、才念の経とお勢たちの嗚咽《おえつ》で満ちあふれた。


その晩、亥助の家で権助の通夜がいとなまれた。

座敷の襖が取り払われ、小机に権助の遺髪が置かれ、荒壁に水墨画が貼りつけられた。土間や板の間は、村の百姓たちであふれ、権助の人徳を偲ばせた。手伝いにきた女房たちにまじってお勢も酒をつけたり、料理を運んだりする。

真中の口から、権助の江戸での様子が語られると、

「むげえ」

「百姓は虫けらか」

という老中水野への非難と、

「えれえぞ」

「たいしたやつだった」

「よくやった」

という権助への賞賛の声があがり、やがて、

「なんで死んじまっただよ」

「もう、野良《のら》仕事さできねえなあ」

「祭りもいっしょに行けね」

と、死を惜《お》しむ声で満ちた。

お勢はあらためて権助の水墨画を見た。

権助のやさしげな声がよみがえってくる。それは、村の田園風景を見たことで、よりいっそうの現実感をもって迫ってきた。

「あんたら、今日の宿決めておらんだろ」

才念はお勢に聞いた。お勢と真中は顔を見合わせ、「ええ」と返した。

「なら、うちの寺に泊まったらええ」

才念の厚意に、二人は甘えることにした。

三

老中水野忠邦は、江戸城中奥の老中御用部屋に南町奉行矢部定謙を呼びつけた。

矢部が入っていくと、部屋のすみに鳥居耀蔵の陰険な顔があった。矢部は鳥居に一瞥をくれると、

「お呼びでございますか」

と、水野の前で両手をついた。

「うむ」

水野は冷酷《れいこく》さをたたえた切れ長の目で見返し、おもむろに口を開いた。

「昨年の暮れ以来、庄内領の百姓どもが江戸市中を騒がしておること、存じておろう」

「はい」

矢部は短く答えると、口にこそ出さないが、「それがどうした?」というように口元をゆるめた。

「して、江戸市中をあずかる町奉行としてどう思うのじゃ」

水野は矢部の気持ちが読めるだけに苛立ちを隠せず、語気を強める。

「はて、そうですな」

矢部は水野の苛立ちを楽しむかのように、視線を宙に泳がせると、口をへの字にして考える素振りを示した。

水野は、苛立たしげに咳払いをする。

「庄内の百姓どもが江戸に上ってまいりましたのは、四月まででございます。それ以来、おこないを慎《つつし》み、市中を騒がす真似はいたしておりません。拙者が思いますに、百姓どもは御公儀をはばかり、御公儀の裁定をおとなしく待っておるものと存じます。それを、いまさら、市中を騒がす科《とが》で詮議をおこなうのは、いたずらに事を荒立てるだけ、と考えます」

老中相手であろうが、矢部は臆することなく述べ立てた。

「なるほどのう。つまり、町奉行としてはなにもせぬ、と申すのだな」

水野は薄ら笑いを浮かべた。矢部は黙って頭を下げる。

「では尋ねる。いまもって、庄内の百姓どもが江戸市中を騒がしておるとしたらどうか」

水野は表情を消した。

矢部は黙って見返す。

「先日、上野明徳院において、庄内の百姓が水野さまに直訴《じきそ》に及んだのです」

無気味な沈黙を破って、鳥居が口を開いた。矢部は鳥居を見ると、すぐに視線を水野に戻した。

「これじゃ」

水野は権助の嘆願書を差し出した。

矢部は無言で受け取ると、さっと目を通す。

「これでも、見過ごすと申すか」

水野は静かに聞いた。矢部は嘆願書を水野に返し、

「お言葉ではございますが、たかが百姓の一人や二人、嘆願に及んだとて、江戸市中を騒がすとは申せません」

「黙れ！」

水野はこめかみに青すじを浮き立たせて一喝《いっかつ》した。

部屋に沈黙が訪れた。水野は表情をゆるめ、

「たしかにそのほうが申すように、百姓単独のおこないであれば、なんということもない。打ちこわしや一揆をくわだてぬ限りな。しかし、これは、この者の単独のおこないではない。この者をあやつっておる者がおるのだ」

と、鳥居に視線を向けた。

　鳥居は矢部のほうににじり寄り、

「この者、庄内領の遊佐郷青塚村に住む権助とか申す水呑み百姓でござる。その権助をあやつったのは、薬研堀に住まいする公事師《くじし》佐藤藤佐であります」

「佐藤藤佐が」

　矢部は思わず声をあげた。鳥居は権助が佐藤の屋敷を訪れたと話した。

「そうじゃ。そのほう、佐藤とは懇意《こんい》な間柄らしいのう」

　水野は無表情な顔で聞いた。

「いささか」

　矢部は口ごもる。

「矢部どのが勘定奉行をおつとめのとき、佐藤の学説を傾聴されたとか」

　鳥居が意地悪く言い添えた。

「拙者に限らず、佐藤は大名家にも出入りして、財政の相談にあずかっておる」

　矢部は鳥居を見返した。

「ともかく、権助とか申す百姓に限らず、庄内の百姓どもの江戸上りを陰で指導しておるのは、佐藤じゃ。このまま捨ておけば、さらなるくわだてに及ぶかもしれん。矢部、佐藤を詮議せよ」

水野は、これ以上の問答は不要とばかりに命じた。

「いくら、懇意にしておる者でも詮議の手をゆるめることはござらんでしょうな」

鳥居は口元に冷笑を浮かべる。

「拙者とて町奉行、私的な感情で詮議に手心を加えることはござらん」

矢部は鳥居を睨むと水野に頭を下げ、

「では、これにて」

と、立ち上がった。部屋を出ていく矢部に、

「矢部どの、佐藤藤佐といい、大塩平八郎《おおしおへいはちろう》といい、少しは交わる者たちを選ばれたほうがよろしゅうござりますぞ」

鳥居が言い放つ。

大塩平八郎とは、「大塩平八郎の乱」を起こした大坂東町奉行所の元与力《よりき》である。矢部が大坂西町奉行をつとめていたころには、すでに大塩は与力を引退していた。直接上司、部下の関係ではなかったが、有名な陽明《ようめい》学者でもあった大塩と学問を通じて親交を深めていた。

「では、御免」

矢部は鳥居を無視して出ていった。

「ふん、偏屈者《へんくつもの》が」

鳥居は舌打ちしてから、

「ところで、庄内領の首尾、いかがでございますか」

水野の前ににじり寄った。

「まあ、順調であろう。特別に手練の者を送り込んでおるゆえ、まもなく吉報が届くはずじゃ」

水野は、切れ長の目元をわずかにほころばせた。

「わが手の者と水野さまが遣わされた黒鍬者以外に、でございますか」

鳥居はいぶかしげな目をした。

口元をわずかに緩めるだけで、水野は返事をしなかった。

鳥居は気をとりなおすように、

「これで、佐藤が庄内領の百姓どもを扇動していると弾劾《だんがい》できれば、酒井さまの責任が追及できますな」

心持ちはずんだ声を出した。

「そのとおりじゃ。自分の領内の百姓どももろくに治められない者に、領地を治める資格はない」

水野は表情を引き締めた。

外記と庵斎は旅籠屋に着いた。

盥に水を汲んできた女中に、

「江戸から来た酒問屋武蔵屋さんのお二人連れ、こちらに泊まっておるかの」

と外記は、将軍家慶が送った御庭番の二人のことを聞いた。

「ああ、泊まっておられますだ。階段を上がってすぐ右の部屋です」

女中は階段の上を指差した。

外記と庵斎は盥の水で足を洗い、ひとまず一階の奥に用意された自分たちの部屋で荷を解いた。女中は、茶を淹れながら菊田助三郎一座の評判を言い立てる。

「そんなに評判か」

外記が聞くと、

「お客さんも見物に行ったらええだ。善教寺《ぜんきようじ》の境内でやってますだ。とくに、小雪って娘が評判です」

女中はうれしそうな顔をした。

「小雪か」

外記の脳裏に、尾花沢の養泉寺で別れた小雪のやわらかな笑顔が浮かび上がる。

四

外記と庵斎は部屋を出ると、階段を上がり、御庭番川村新六と村垣与三郎の部屋を訪れた。

「これは、お師匠さんにご隠居さん」

川村は笑顔で迎えた。

村垣は矢立てと書きかけの帳面を部屋のすみに置いた。

「お疲れのところ、お邪魔ですかな」

庵斎は愛想よく言うと、女中が酒を運んできた。

「まあ、どうぞ」

外記は勧めた。

川村と村垣は恐縮しながらも、飲みはじめた。

「あのお侍、あれからどうされましたか」

川村は引田のことが気になるのだろう。外記が倒した引田が鳥居の隠し目付だったとは、二人は知らない。

「蕎麦屋《そば》で『おくのほそ道』談義となりましてな」

庵斎は、引田と酒を酌《く》み交《か》わしながら談義したことを語った。

「それから？」

川村はなおも気になるようだ。

「さあて、いい気分になって、われらは羽黒権現に向かいましたが、あの御仁《ごじん》は、おそらく、鶴岡へ向かわれたのでは」

庵斎は猪口《ちょく》をうまそうに飲み干す。

「ところで、商いのほうはいかがですかな」

外記は村垣に徳利《とっくり》を向けた。

「なかなか、厳しいもんですな」

村垣は頭を掻きながら酌を受けると、川村を見た。川村は、話を引き取るように、

「時期が悪うございますな」

領知替の一件でどこの酒問屋も浮き足立ち、落ち着くまでは様子見の状態がつづいているのだという。

「われらは俳諧をひねりながら、領内を散策したのですが、とくに不穏なものは感じませ

んでしたな。もっと、騒然としておると思ったのですが」

外記はとぼけた顔をした。

「いかにも。手前どもも用心しながら、村々の酒蔵を訪ね歩いたのですが、平穏そのものでした」

村垣もうなずく。

「してみると、酒井さまの善政を領民が慕っているとの評判は、まことなのですな」

外記に庵斎も、「まこと、そのとおり」と合わせた。

「ところで、新潟屋さんには行かれましたか」

外記の問いかけに、

「本間光暉さんのお店ですね。廻船問屋には行っていないです」

川村は答えた。

「なんでしたら、訪ねてみては。なにしろ、本間といえば、庄内最大の商人ですからな。よき酒問屋を紹介してくれるかもしれませんぞ」

外記は庵斎と、新潟屋と本間家の屋敷を訪れたことを話し、番頭の吉右衛門の名前を出した。

「よいことを教えてくださった」

「ところで、尾花沢で会った菊田一座、当地でもなかなかの評判らしいですぞ」

外記が笑顔を向けると、

「そのようですな」

村垣も笑顔になった。

「いかがです、これから、覗いてみませんか」

外記が誘うと、

「そうしたいのですが、これからちちと、二人で帳面つけが」

川村は頭を掻いた。

「そうですか、それはお邪魔が過ぎましたな。ちと、夕涼みがてら芝居見物でもするか」

「そうですな」

庵斎も応じ、二人は善教寺に向かった。

善教寺は日和山の近くにあった。

山門にまで人があふれている。

「大変な評判ですな」

庵斎は口を大きく開けた。

山門の横に大きな立て看板が掲げられ、

「大村屋主催　菊田助三郎一座芝居興行」

と、大書《たいしよ》されている。

境内には立派な舞台がととのえられ、桟敷《さじき》席と筵《むしろ》敷きの席が用意されていた。

桟敷席には北前船の船主と思われる商人たちが、ずらりと居並んでいる。筵敷きの席には町人や百姓がひしめいていた。

侍の姿はちらほらと見受けられる程度だ。領知替の沙汰《さた》が下るまで、庄内藩では藩士に行動を慎《つつし》むよう布達《ふたつ》している。

それに気がついたのか庵斎が、

「町人や百姓ばかりですな。侍はちらほらと、遠慮がちに」

「以前、酒井侯は領内を巡見し、酒田の本間の別荘に宿泊した。そのおり、本間から贅沢にすぎるもてなしを受けた、と水野に咎《とが》められたことがある」

「そんなに贅沢華美であったのですか」

「いや、そんな度がすぎるほどではなかったらしい。水野がいたずらに騒いだだけじゃ。しかし、いまは領知替の沙汰を控え、どのような些細《ささい》なことでも揚げ足をとられかねんからな」

外記が声をひそめ、木戸銭《きどせん》を払うと筵敷きの席に座った。

暮れ六つ（午後六時）の鐘の音が響きわたった。

夕陽が舞台に差し、海から潮風が吹き込んでくる。境内の石灯籠《いしどうろう》にあかりが入れられ、舞台の前に篝《かがり》が用意された。

やがて、芝居がはじまった。

尾花沢で見た「仮名手本忠臣蔵」四段目の、おかる勘平の道行きだった。筵敷きの席から熱い声援があがる。舞台袖の囃《はや》し方が奏でる楽曲がかき消されてしまうほどだ。

男たちは小雪の一挙手一投足に、食い入るように熱い視線と惜しみない拍手を送った。

おかる勘平の道行きが終わり、篝火がたかれた。

篝火は舞台を幻想的に照らし出し、小雪の姿はさながら雛《ひな》人形のようで、それが男たちの心をさらに刺激する。声援はやまず、男たちの目は爛々《らんらん》と輝いている。

「今晩はお集まりいただきまして、まことにありがとうございます」

助三郎が舞台で挨拶《あいさつ》をした。ついで、

「畏れ入りますが、みなさま。これから、小雪がみなさまのお近くを回りますので、お心付けをよろしくお願い申し上げます」

と、頭を下げた。

　小雪はおかるの扮装のまま大きな竹籠《たけかご》を持ち、舞台を降りた。小雪を守るように、助三郎や一座の役者が取り巻く。

　筵敷きの男たちがどよめき、小雪に向かって殺到した。

「すみません。小雪が怪我《けが》をしますので、みなさま、道をお開けください」

　助三郎は小雪をかばいながら叫んだ。しかし、男たちは助三郎を押しのけ、一座の役者と揉《も》み合《あ》いがはじまった。

「申し訳ございません、みなさま」

　助三郎は叫んだが、小雪に心を奪われた男たちの暴走は止まらない。

　ついには、興奮した客が一座の役者を突き飛ばし、小雪にぶつかって、小雪は転倒してしまった。

五

「小雪ちゃん、大丈夫だべか」

　男たちの動きが止まった。助三郎が小雪を抱き起こした。

「みなさん、お心付けよろしくお願いしますね」

小雪は何事もなかったように、みなに笑顔を向けた。

男たちから歓声があがった。助三郎はすかさず竹籠を差し出す。

みな、われ先に銭を入れていく。

小雪と助三郎は外記の前にやってきた。

「ご隠居さん」

小雪は染みとおるような笑顔を向けてきた。

「たいした、繁盛ぶりじゃのう」

外記も笑顔で返し、一分金《いちぶきん》を入れる。

「これは、過分の思し召《おぼめ》し、まことにありがとうございます」

助三郎は深々と頭を下げた。

小雪と助三郎が客席を一巡しているあいだに、舞台では次の芝居の準備がととのえられていく。紅白の段幕が張られ、釣り鐘が用意された。釣り鐘は紅白の綱で吊《つ》り上《あ》げられた。

やがて、坊主に扮した一座の役者があらわれた。

「『娘道成寺《むすめどうじょうじ》』ですな」

庵斎が言うと、外記は満足げにうなずいた。

やがて、舞台袖から小雪が登場した。

赤地にしだれ桜を金糸《きんし》で縫《ぬ》い上《あ》げた振袖《ふりそで》に身を包み、白地の振り分け帯を締めていた。頭につけたびらり帽子が夜風に揺れる。可憐な姿に、男たちは歓声をあげ、女たちからはため息が洩れる。

芝居が進むにつれ、小雪の動きは艶やかさを増し、客たちの視線を釘づけにしていく。二段目に入り、金の烏帽子《えぼし》をつけ、能の所作で踊るころになると、みなは口からため息すら洩らさず、固唾《かたず》を呑んで見守っていた。

小雪は芝居の進行にしたがって衣装を変幻自在に替え、華麗《かれい》な踊りを披露し、銀の鱗《うろこ》模様の衣装に身を包んで蛇に変化《へんげ》すると、鐘にとりつく終演を迎えた。

境内は芝居の余韻《よいん》が覚めやらず、名残《なごり》を惜しむ客たちの姿がしばらく闇に蠢《うごめ》いていた。

その中で、

「小雪に会いに行ぐべ」

と、一人の百姓が言った。

「佐吉《さきち》、やめれ」

仲間は引き止めたが、

「いんや、おら、行ぐだ」

佐吉は仲間を離れ、境内の木立に消えた。仲間は呆れたように、「ほっとくべ」と帰っていった。

「見事なものでしたな」

庵斎は宿に戻ると、ため息まじりに言った。

「うむ。『娘道成寺』は、一人芝居じゃ。小雪の見せ場たっぷりの芝居だけに、男たちが魅了されるのも無理はないな。助三郎も小雪の魅力が全面に出る芝居ということで、演目としたのじゃろう」

「そのとおりですな。男ども、小雪に首ったけでした」

庵斎は芝居を思い出すように、視線を宙に泳がせた。

「それにしても、あの娘、笑顔を絶やさぬとはたいしたものじゃ」

「いかにも。男どもが押しかけ、転んでしまったときにも笑顔を絶やしませんでしたぞ。怖かったろうに」

「そうじゃな」

外記は目を瞑り、

「尾花沢のときもそうじゃった。殺しの濡《ぬ》れ衣《ぎぬ》を着せられても怯《おび》えることなく、ときおり笑顔さえ見せていた」

と思い出し、「いささか不思議じゃ」とつぶやいた。

「よほど、厳しく芸事を仕込まれているのでしょうな」

庵斎は窓の外を見た。

星空が一面に広がっている。簾越しに涼風が吹き込み、風鈴を心地よげに鳴らした。

「ふむ。いや、あの笑顔は、仕込まれてできるものではない」

外記は風鈴の音色に耳を傾けた。

「というと、天性のものと」

「そうじゃな」

「とすれば、どのような親に養われたのでしょうな」

「さあな」

外記はしばらく星空を眺めつづけた。


百姓の佐吉は、一座が逗留している庫裏《くり》に向かった。

白壁にそって庫裏の玄関に出ると、木や石灯籠の陰に身を隠しながら、裏手に出る。

一座の男たちの話し声が聞こえてきた。話の様子から、小雪は風呂に入っているらしい。

佐吉の胸は高鳴った。

庫裏の縁の下に身をひそませ、もぐらのように這《は》い進《すす》み、風呂に到った。風呂から明かりが洩れ、湯浴《ゆあ》みの音が聞こえる。

佐吉は高鳴る胸を右手で押さえながら、縁の下を出ると足音を忍ばせ、風呂の格子窓の下に立った。そっと背伸びし、風呂を覗く。

湯煙の中に、かすかに人影が見える。

——小雪か！

佐吉の心臓は早鐘のように打ち鳴らされた。

が、

「ああっ！」

佐吉は悲鳴をあげ、尻餅《しりもち》をついた。

湯煙の中にいたのは可憐な乙女ではなかった。

全身が鱗におおわれ、さながら、小雪が「娘道成寺」で変身した蛇の化身《けしん》である。

「どうした！」

男たちの声と足音が近づいてきた。佐吉は、ふるえる身体で縁の下に潜り込んだ。

——なんだ、あの化け物は。

佐吉は全身に鳥肌を立てる。

一夜にして、善教寺に化け物が棲《す》んでいるという噂が、酒田の町を駆けめぐった。冗談と取り合わない者、菊田一座を招いた大村屋が客寄せのために流した宣伝だとうがった見方をする者など、町は化け物の噂でもちきりとなった。

お勢と真中は、才念の厚意で青塚村の寺に泊まっていた。

降るような星空を眺めつつ、お勢と真中、それにばつは寺の山門をくぐった。

境内の木立が風にざわざわと揺れ、周囲の田んぼから蛙《かえる》の鳴き声がにぎやかである。

才念が貧乏寺と自嘲《じちょう》ぎみな笑いを浮かべたように、ところどころ崩れた土塀は瓦がなくなり、境内には雑草が茂っている。

その草むらに、蛍《ほたる》が舞っていた。

ばつは境内を駆けめぐり、蛍を追いかけた。蛍は飛び散り、境内に光の弧を描く。

「おとなしく寝なさい」

お勢が言うと、ばつは本堂の縁の下に潜り込んだ。

お勢と真中は、小坊主に庫裏の一室に案内された。

蚊帳が吊ってあり、その中に蒲団《ふとん》が二組並んで敷かれている。

「あの、すまんが、一組は別室に」

真中はうわずった声を出した。

これまで、旅籠ではかたくなに別室を求めてきた。旅籠の都合でやむを得ず同室になったときは、真中は廊下に蒲団を出して寝た。

お勢はそんな真中に対して遠慮することはないと言っていたが、頑として聞かない真中の態度に、好きにさせるようにした。

「ですが、蚊帳は一つしかないのですが」

小坊主は困った顔をした。

「蚊帳など不要だ」

と、真中は言ったが、雑草が生い茂った庭からは蚊が容赦なく侵入してくる。

「まあ、いいじゃないかさ。今晩くらい」

お勢は言った。

「いや、しかし」

ぐずる真中をよそに、

「いいよ。ここで寝るから」

お勢は小坊主に返事した。小坊主は、安堵の表情を浮かべると、ぺこりと頭を下げ、去っていく。

「もう寝るよ。今日は疲れたね」

お勢は行灯の明かりを消すと、蚊帳をめくり蒲団に横たわった。真中はしばらく縁側で蚊と格闘していたが、お勢の寝息が聞こえてきたのを境に蚊帳に入った。

月明かりが差し込み、お勢の顔を蒼白く照らした。真中は、蒲団で正座し、しばらくのあいだ見とれる。やがて、お勢に背を向け、蒲団に横たわり目を瞑る。

が、間近で聞くお勢の寝息と甘い香が邪魔をし、眠りに落ちることができない。自然と寝返りをうちつづけ、まんじりともせず、夜明けを迎えた。

朝餉《あさげ》をご馳走になり、庫裏の玄関で才念に別れを告げる。

「お世話になりました」

お勢が言うと、真中も頭を下げた。

「なんの、礼を言わねばならんのはこっちです。縁もゆかりもないあなたがたが、権助を助け、わざわざ、江戸から遺髪を持ち帰ってくれた。権助も草葉の陰で喜んでいるでしょう」

才念は深々と頭を下げた。

ばつが走ってくる。

「酒田へ行かれるのでしょ」

才念は山門までお勢と真中を送った。

「はい、その予定です」

真中が答えた。

「では、芝居を見物されてはいかがかな」

「芝居、ですか」

お勢は意外な顔をした。

「江戸から来た旅芸人の一座で菊田助三郎一座というそうですがな。旅芸人と侮《あなど》るなかれ、この村の若い者も夢中になっていますよ」

才念は、村の若い衆が小雪の魅力の虜《とりこ》になっていることを語った。

「それは、凄いですな」

真中は大きくうなずいた。

「では、見物してみます」

お勢も言った。

真中の足元をばつがついてくる。二人は寺をあとにした。

「ひょっとして、父上たちに会えるかもしれないね」

お勢は鳥海山を見上げた。

六

翌日、川村と村垣は新潟屋に行き、番頭吉右衛門と会って商いの話をしたあと、近在の村々を回った。

「領内は平穏ですな」

旅籠に戻ると、二人は今回の探索の報告について話し合った。

「四月あたりまでは、領内の百姓どもが騒いでおったようだが、それとて一揆や打ちこわしを起こすということではない。百姓どもが結託し、領知替の反対で気持ちを一つにすることを目的とした寄合《よりあい》を催しておったようじゃ」

川村は言った。

村垣は懐中から書付を取り出し、畳に置いた。

「百姓どもめ、こんな覚書を高札《こうさつ》に立て、寄合を催したそうですよ」

書付には、寄合に参加するにあたっての注意事項が書き記されている。
一、畑作物、みだりにふみちらすことはしないように
二、積んでおいたかやや下草は焼かないこと

三、役人に雑言は言わないこと
四、何事によらず喧嘩はしないこと
五、酒田の町をくわえたばこ、火縄、松明を持って歩かないこと
百姓たちは以上の注意事項を高札に掲げ、寄合を持ち、領知替反対で結束したという。

「なかなかに慎重な行動だ。背後で指導しておるものは」

川村が問うと、

「飽海郡江《え》地《ち》村《むら》玉《ぎょく》龍《りゅう》寺《じ》の住職文隣《ぶんりん》、江戸の薬研堀の公事師佐藤藤佐あたりですが、それらを金銭的に援助しておるのは、本間光暉ですな」

村垣が答えた。

「まさしく」

川村は腕組みした。

「百姓どもは、百姓といえど二君に仕えず、などと結束しておりますが、酒井さまの政《まつりごと》もなかなか善政のようです。飢饉に備えてのお救い小屋、お救い米《まい》も惜しまず、とにかく、領内から一人の餓死者も出さなかったというのですから」

村垣は感心したように言った。

「酒井さまの二百年にわたる善政をたたえ、慕えばなおさらのこと」

川村は、口をつぐむと声をひそめ、

「新領主となられる川越松平さまに対する拒絶の気持ちが高まるのであろう」

と、言葉を継いだ。

「なにせ、藩財政が逼迫し、年貢の取り立ての苛酷《かこく》さといったらない、という評判ですからな」

村垣は舌打ちする。

「百姓どもも商人どもも、本音はそこにあるのだろう。松平さまが新領主となられては、絞《しぼ》れるだけ絞られる、と恐れているのだ」

川村は鼻で笑った。

二人はしばらく領内探索の結果を検討した。

「領知替反対で結束する領民どもにあって、この者だけが」

村垣は帳面を広げた。

「大村屋か。たしかにこやつ、廻船問屋の連中にあっても評判がよろしくない男じゃな」

川村が言ったように、大村屋は酒田の商人三十六人衆のあいだでの評判はよくない。商売のやり方が強引なうえ、松平家とのつながりをつけるのに熱心だという。

「先を見越すのは商人として当然であろうが、一人浮き上がっているようだ」

川村はしばらく思案していたが、

「領内とくに不穏な動きなし、ということだな」

と、結論づけた。

涼風が風鈴を揺らした。

「どうですか、菊田一座の芝居でも覗きに行きませんか」

村垣はひとまず役目が一段落したことで、頬をゆるめた。

「そうじゃな。では、大急ぎでこれまでのこと、書き記しておくか」

川村は顔をほころばせると、村垣も笑みをたたえ、矢立てを取り出した。


夕暮れ、お勢と真中は善教寺にやってきた。境内は、すでに芝居見物客であふれていた。

「あら、今夜が千秋楽だって」

お勢は山門の横に掲げられた立て看板を見た。

「運がよかったですね」

真中も看板を見上げる。

「おや、この大村屋って。たしか、吉林で水野の用人飯田三太夫といっしょにいたわよ」

お勢は眺めつづけた。そんな真中とお勢を邪魔だといわんばかりに、大勢の男たちがわきをすり抜けていく。

お勢と真中も筵敷きに席を求めたが、あいにくと座る席が見つからない。やむなく、立ち見をすることにした。

「ばつ、遊んでおいで」

お勢に言われ、ばつは境内の闇に消えた。


外記と庵斎は酒田を散策し、夕暮れになる前に善教寺にやってきた。まだ、見物客が集まり出す前であったので、桟敷席に座ることができた。

すぐに、見物客が集まり、桟敷席は廻船問屋とその顧客である船主でいっぱいになり、筵敷きは若い男たちで占められた。

やがて、桟敷席から一人の男が立ち上がり、舞台に立った。

「みなさま、大村屋佐平でございます。本日をもって菊田助三郎一座の芝居興行は千秋楽でございます。どうもありがとうございます。どうか、最後までお楽しみください。なお、本日、芝居が終わりましたら、菊田一座の花形小雪より、みなさまへご挨拶がございます。どうぞ、最後までお付き合いのほど、よろしくお願い申し上げます」

佐平は、夕陽に染まった赤ら顔で挨拶した。

見物客からどよめきが起こった。小雪が特別に挨拶することへの期待のあらわれだ。

「また、騒ぎが起きねばいいのですがね」

庵斎は昨夜の騒ぎを思い出し、顔をくもらせた。

「そうじゃな、今夜が最後となると、男ども、どんな騒ぎを起こすやら。騒ぎとなれば」

外記は境内を見回した。

昨夜と同様、侍の姿はほとんど見受けられない。庄内藩とはかかわりのない芝居興行には、警固の侍が派遣されるわけでもない。

そんな中で、暴動が起きたら——。

外記は背すじが凍《こお》るような思いに駆られた。


川村と村垣は筵敷きの席に座を占めることができた。

「やれやれ、たいした評判だな」

川村はすし詰め状態の席で身をよじった。

「まったくです。いま少し、宿を出るのが遅かったら、とても座って見物などできなかったでしょう」

村垣は首だけ動かして周囲を見回した。

「大村屋のやつ、大儲けでございますね」

「儲けだけではない。菊田一座のおかげで評判を高めておる。大村屋を嫌っておった商人や町人も好感を抱いておるようだ」

「なるほど、一挙両得ということですか」

川村と村垣はうなずき合う。


石灯籠、篝に火が入れられ、囃し方が奏でる音曲がはじまった。ざわめいていた客席が落ち着いていく。

「仮名手本忠臣蔵」の、おかる勘平の道行きがはじまった。

男たちは初めのうちこそうるさく声援を送っていたが、すぐに静けさが広がり、食い入るように舞台に釘づけとなる。それは、今晩で去る小雪の姿を少しでも強くその目に焼きつけようと、別れを惜しんでいるかのようであった。

芝居は、「娘道成寺」まで終わった。

ここで、助三郎が御礼の挨拶をし、しばらく休憩となった。

七

「どうする、もう帰ろうか」

お勢は足をさすった。芝居のあいだじゅう立ちっぱなしとあって、疲れは隠せない。

「そうでござるな。最後までおっては、この人出、大変な混雑となりましょう」

真中も言い、二人はばつを探した。

「ばつ、おいで」

お勢は芝居の席から離れ、篝火の届かない闇に向かって声を放つ。闇に溶け込んだばつの鳴き声が、ざわめきの中でかろうじて聞き取れた。

お勢と真中は、鳴き声を頼りにばつを探し歩く。

ばつは桟敷席のほうにまぎれ込んだようだ。

「ばつ」

お勢が見物客でできた壁に向かって声を放つと、

「ここじゃ」

と、外記の声が返ってきた。

お勢と真中は思わず顔を見合わせた。

「父上だわ」

お勢が言うと、

「御免、ちょっと、すまん」

と、真中は人混みをかき分け桟敷席に出た。

「おお、よう来たな」

外記はにんまりした。

横には庵斎とばつが座っている。

「いやあ、奇遇でございます」

真中が挨拶すると、

「まあ、座れ」

外記は席をずらした。芝居がはね、桟敷席にはいくらか余裕が生まれていた。

お勢と真中は座ると、庄内に来た理由を話す。外記と庵斎は黙って聞いた。

ばつは、ひさしぶりに外記の膝に抱かれ、寝息を立てている。

「父上、あの男」

お勢は外記の耳元でささやいた。大村屋佐平のことである。

「吉林の座敷で、水野の用人飯田や松平の用人園田といっしょでしたよ」

お勢は吉林での経緯を語った。

「ほう、大村屋がな」

外記が返したところで、艶やかな振袖に金の烏帽子をかぶった小雪が舞台にあらわれた。

客席がざわめき、やがて水を打ったように静かになる。

「みなさま、今日まで菊田助三郎一座の芝居をご覧くださいまして、まことにありがとうございます」

小雪は舞台から見物席を見回した。客たちは固唾を呑んで見守る。

「小雪の芝居、いかがでしたか」

小雪は笑顔を見物客に投げかける。

男たちから熱い声があがると思ったが、みなうっとりとした顔でうなずくばかりだ。

「小雪、みなさまとの別れが辛うございます。この酒田で本当にやさしい方々とお会いできました」

小雪は一滴の涙を流す。

客席の若い男たちにも涙を流す者がいた。

「小雪、みなさまにお願いがあります」

　小雪は涙を拭い、微笑みを浮かべた。

　男たちは笑顔に吸い寄せられるように視線を向けている。

「酒田で、一座がお芝居をすることを邪魔した人がいるのです。その人を懲らしめてください」

　小雪はあくまでほがらかに語りかけた。

「なにを言い出す、あの娘」

　庵斎は外記を見た。

　外記の膝で寝ていたばつが目を覚まし、低い声でうなりはじめた。つぶらな瞳で小雪を睨んでいる。

　桟敷席に陣取った船主たちは戸惑いの表情を浮かべたが、佐平だけは満足げににんまりとしていた。筵敷きの男たちは口をあんぐりと開け、小雪の言葉を待っている。

「その人は、本町の廻船問屋本間光暉です。本間はわたしたちの邪魔ばかりか、庄内のお百姓を苦しめています。そして、庄内を御公儀に売ろうとしているのです」

　小雪は乙女のような表情で、穏やかならぬことを話しつづける。

　だが、その言葉を、男たちはまるで「娘道成寺」の長唄《ながうた》を聞くように、うっとりとした表情で聞いていた。

「みなさん。本間を懲らしめてください。わたくしの後につづいてください」

「おう！」

男たちから喚声《かんせい》があがる。

「はかられた！　こやつら、水野の放った隠密じゃ」

外記は言うや、舞台に上がる。

「小雪」

外記は小雪の前に立った。

「おや、ご隠居さん。ご隠居さんも、本間を懲らしめてくださるのですか」

小雪は笑顔を崩さない。

「おまえ、水野の隠密か。若者たちを扇動《せんどう》して本間に打ちこわしをかけ、酒田湊を混乱におとしいれ酒井さまに罪を着せるつもりじゃな」

外記は小雪ににじり寄る。

「そんな、怖い顔なさらないで」

小雪は外記を見返した。

真中とお勢、庵斎は筵敷きに向かった。

筵敷きでは、小雪の後につづこうとする若者たちが、小雪が降りてくるのを待っている。

お勢たちは見物客たちをかき分けているうちに、亥助とぶち当たった。亥助は困惑《こんわく》の表情で突っ立っている。

「亥助さん、みんなを止めて」

お勢は亥助の袖をつかんだ。

「いったいどうなってるだ」

亥助は呆然《ぼうぜん》としている。

「和尚さん」

才念も横にいた。

見物席を見回すと、戸惑いの表情の者、うっとりと小雪を見詰めている者が混在している。亥助の話では、うっとりしている連中は連日芝居を見物に来ているという。

お勢は才念に向かって、

「これは大村屋のたくらみです。大村屋があの娘に本間さんを襲わせるために仕組んだのです。そして、大村屋の背後には老中水野さまがおられて、騒ぎを起こさせ、領知替の口実にしようとしています。ですから、みなを止めないと」

「わかった。みなを止めよう」

才念は戸惑いながらも、亥助と若者たちの輪に向かった。お勢も真中、庵斎とあとにつづく。

亥助と才念が輪に入ると、若者たちは小雪の指示を待つように舞台を見上げている。だが、外記が小雪の前に立ちはだかっているため、どうしていいかわからないように立ち尽くしていた。

「いいか、あの娘の口車に乗ってはならん」

才念は両手を広げた。

客たちのあいだで揉み合いが起こった。

その混乱から逃れるように川村と村垣が境内の闇にひそんだ。

「思わぬ事態になりましたな」

村垣は山門の陰にひそみ、様子をうかがった。

「うむ。これで、打ちこわしでも起きたら」

川村も事態の推移を見守ろうと、境内の外に出た。

助三郎が一座の身体の大きな男を四人引き連れ、舞台にあらわれた。殺気だった顔で外記に向かってくる。

みな、脇差を手にしていた。

「ご隠居さん。小雪の邪魔をなさらないで」

小雪はやわらかな笑みを浮かべたまま、懇願する。

八

「じじい、どいたほうが身のためだ」

助三郎は仮面をかなぐり捨て、凶暴な顔を剝き出しにした。

「水野の隠密じゃな」

外記は落ち着いた声で、助三郎を睨んだ。

次いで、左手を腰に添え、右の掌を広げて、深く鼻から息を吸い、口から吐き出す。全身に血が駆け巡り、丹田に気が蓄えられていく。

「だったらどうした」

助三郎たちは外記に斬りかかった。

「でやあ！」

外記は突き出した右手を引っ込め、すかさず突き出す。

気送術が放たれた。

舞台の上に陽炎が立ち上り、助三郎たちが揺らめくや、相撲取りの突っ張りを食らったように後方に吹き飛んだ。

が、小雪は陽炎の中、笑顔で立ち尽くしている。

——どうしたことだ。

外記は呆然と立ち尽くした。

外記の脳裏に、不忍池のほとりでの一件がよみがえる。

あのとき、小雪が術にかからなかったのは、自分の技のおとろえだと思った。しかし、それは間違いだった。小雪には通じないのだ。

なぜだ？

「ご隠居さん。乱暴なさらないで」

小雪は外記に向かって、ゆっくりと歩み出した。

外記は後ずさりした。ふと、道中差《どうちゅうざし》に手をやる。

やむをえない。この娘を斬るか。

だが、小雪の汚れのない澄んだ瞳を見ると、道中差を抜くことができない。殺気が削《そ》がれるのだ。

外記の躊躇《ためらい》をよそに、小雪は迫ってくる。

そこへ、真中がやってきて大刀の柄に手をかけた。腰を落とし、居合の体勢になる。

ところが、真中も柄にかけた手が動かない。

魅入られたように、小雪を見詰めているだけだ。

外記の脳裏に、ふたたび残像がよみがえる。

不忍池のほとりで小雪に斬りかかろうとしてやめた浪人。小雪に襲いかかろうとしてやめた元力士五助。

みな、殺気を小雪の無垢な瞳、可憐な笑顔に吸い取られてしまったのだ。

外記と真中は後ずさりし、舞台から落ちそうになった。

どうする？

このままでは、小雪は若者たちを引き連れ、本間家へ向かうだろう。

なんとか、術から逃れねば。

若者たちの目を覚まさねば。

小雪は瞳を若者たちに向けた。

と、ばつが駆け上がってくる。

ばつは小雪に飛びかかり、烏帽子を口にくわえた。

「なにするの！」

小雪の顔がゆがんだ。それは、外記が初めて見る動揺した表情だ。

小雪は髪をふり乱した。

ばつはなおも攻撃を止めず、今度は振袖に噛みつく。

「この犬！」

小雪の甲走《かんばし》った声が、見物席を揺るがせた。

小雪の命令を待っていた若者たちに、戸惑いの表情が浮かんだ。彼らがあこがれる小雪とは別人のような声音《こわね》だ。

小雪はばつを蹴飛ばした。

そのとき、振袖のすそが乱れ、小雪の太ももがあらわになった。

太ももは焼けただれている。火傷《やけど》のようだ。

小雪の瞳がどす黒く濁り、外記は呪縛《じゅばく》から解き放たれた。

外記は、道中差を抜くと、小雪の頭上から斬り下げる。

振袖が真ん中から二つに割れ、裸があらわれた。

太もも同様、胴体も焼けただれていた。

乳房は原形をとどめず、腹にいたるまでひどい火傷である。

篝火が容赦なく、小雪を浮かび上がらせる。

「昨日の化け物だ」

怖い目に遭いながらも、小雪見たさにやってきた佐吉が言うと、若者たちは驚きの声をあげ、憑《つ》きものが落ちたように覚めた顔になった。

庄内藩の役人がやってきた。騒ぎを心配した住職が、使いを出したのだった。

役人は見物客を立ちのかせた。

騒ぎは、あくまで芝居見物上のできごととして、見物人がとがめられることはなかった。

ただし、菊田一座は寺で刃物を使ったこと、小雪の煽動《せんどう》が取り調べの対象となり、入牢《じゅろう》させられた。

九

外記は大村屋と水野の用人飯田、松平の用人園田が会食をし、領知替を利用して賄賂《わいろ》をとっている疑いを書状にしたため、本間光暉経由で佐藤藤佐に早飛脚《はやびきゃく》を送った。

外記と庵斎、真中、お勢、それにばつは日和山に登った。

「父上、あの娘何者であったのです」

お勢は弁財船の帆を見ながら聞いた。

「隠密として仕込まれたのだろう。幼きころ、身体に火傷を負った。それから、小雪はおのれの醜《みにく》さを無垢な瞳と可憐な笑顔でおぎなってきた。いつしか、その可憐さが高められ、強力な術となったのじゃ」

小雪は純情可憐な乙女の仮面をかぶり、怒り、憎悪といった他人に殺意をもよおさせる一切の感情を心の内に閉じ込めた。その結果、自分に対するあらゆる敵意をそらすことを身につけた。相手の殺気を失わせるという、一種の催眠術である。

いつしか小雪は、乙女のまま成長を止め、笑みを絶やさない人形のようになってしまったのだ。

尾花沢で殺しの濡れ衣を着せられたときでも笑顔を保ちつづけたのは、そうした事情がある。

「その小雪の術も、ばつには通じなかった」

外記はばつの頭をなでた。

ばつは尻尾を振り、外記を見上げた。

「おまえたちはこのまま江戸へ帰れ。わしは庵斎と、川村、村垣を追う」

外記は、お勢と真中に言った。

「そろそろ秋だね」

お勢は、草むらで風にそよぐ桔梗《ききょう》に視線を落とした。

「お勢どのをしっかりお守りいたします」

真中は目と言葉に力を込めた。

外記はふと、自分の力の衰えと誤解して気送術を修練させていることを詫びようかと思ったが、修練は修練でつづけさせようと思い直した。お勢とのこともある。

桔梗を眺めながら、外記は小雪のことを思い浮かべた。

不忍池で出会い、尾花沢の血に染まった姿、「娘道成寺」の踊り、つねにそこには無垢な瞳、可憐な笑顔があった。

だが、それは火傷という大きな代償を支払って手に入れたものだったのだ。隠密としてしか、生涯を生きられなかった小雪。

外記は胸が押し潰されそうになった。

庵斎は矢立てと懐紙を手に目を瞑っている。句をひねっているようだ。しばらくぶつぶつ口を動かしていたが、句が浮かんだのか目を開き、筆を走らせようとした。

と、それを制するように、外記の声が耳元でささやかれた。

「行く夏や乙女の涙に桔梗咲く」

外記は、ぽかんとする庵斎をあとに去っていった。


それから、十日後——。

七月十二日。家慶は三方領知替中止の裁許《さいきょ》を下した。

水野の命で、南町奉行の矢部は佐藤藤佐を町奉行所に召喚《しょうかん》し、詮議した。

ところが、詮議の場で佐藤の口から、今回の領知替が川越藩の財政危機を救うため、大奥が大御所に働きかけをして発令されたものという証言が公然となされた。

公《おおやけ》の場で、堂々と申し立てたのである。

これまで、公然の秘密ではあったが、公の場でそれを口にする者はなかった。亡き大御所家斉の威信を傷つけることになるばかりか、公儀の政令に対する信用問題になりかねないからだ。

それにもかかわらず佐藤が証言できたこと、それを矢部が公然と取り上げ老中へ正式な形で報告するという強気に出られた背景には、水野の用人飯田と松平の用人園田が大村屋から領知替にからんだ接待と賄賂を受けた事実を、佐藤が握ったことがあった。

この証言と、領内の百姓の反対運動が決め手となり、領知替は中止が妥当《だとう》と、水野をのぞく老中たちは家慶に上申した。

家慶の下には、川村、村垣による庄内領探索報告が届けられた。報告には庄内領が酒井家の善政により、平穏に治まり、領民が酒井家を慕う様子が記されていた。

水野は飯田の不正の責任をとり、三日間の登城停止処分を受けた。

家慶は、水野の登城停止のあいだに、老中たちの上申と御庭番の報告をもとに三方領知替中止を裁許したのである。


家慶から御庭番の報告書を見せられた水野は、信じがたい思いだった。

自分が放った菊田一座は、酒田の善教寺で芝居興行中、見物客と揉め事を起こし、入牢させられたという。いったい、なんのために送りこんだのか。

また、鳥居からの報告では、鳥居の放った隠し目付は羽黒山で山伏と揉め事を起こし、命を落としたという。

藤吉は行方知れずとなった。そのうえ、家慶から借りた『秘本おくのほそ道』も紛失《ふんしつ》してしまった。

意外にも家慶は紛失を、

「越前、隠し銀山などというあてにならぬもの、いつまでも気にいたすな」

と、汗まみれで詫びる水野を鷹揚に許してくれた。

失敗を重ねた三方領知替騒動で、それだけでも、ほっとする思いがした。


裁許が下りた晩、水野は鳥居を屋敷の書院に呼んだ。

「矢部め、やってくれるわ」

水野は目を血走らせた。

鳥居は黙ってうつむいている。

「せっかく、町奉行に取り立ててやったというに」

水野は怒りがおさまらないのか、扇子を開いたり閉じたりしている。

「改革を妨《さまた》げる御仁と見受けます」

鳥居はおでこに汗をにじませた。

水野は切れ長の目に暗い光を宿らせ、

「いつまでも、矢部に町奉行を任せておくわけにはいかんな」

「御意《ぎょい》にございます」

鳥居の突き出たおでこが光った。

この作品は、二〇〇八年三月に刊行された『闇御庭番　天保三方領知替』（だいわ文庫）を加筆修正のうえ、改題したものです。

光文社文庫

長編時代小説
隠《おん》密《みつ》道《どう》中《ちゅう》　闇《やみ》御《お》庭《にわ》番《ばん》（二）
著　者　早《はや》　見《み》　俊《しゅん》

2019年4月20日　初版1刷発行
2019年5月10日　2刷発行

発行者　鈴　木　広　和
印　刷　新　藤　慶　昌　堂
製　本　榎　本　製　本

発行所　株式会社　光　文　社
〒112-8011　東京都文京区音羽1-16-6
電話（03）5395-8149　編　集　部
8116　書籍販売部
8125　業　務　部

ISBN978-4-334-77838-5　Printed in Japan

組版　新藤慶昌堂

光文社時代小説文庫　好評既刊

鬼夜叉　藤井邦夫
見殺し　藤井邦夫
見聞組　藤井邦夫
始末屋　藤井邦夫
綱渡り　藤井邦夫
彼岸花の女　藤井邦夫
田沼の置文　藤井邦夫
隠れ切支丹　藤井邦夫
河内山異聞　藤井邦夫
政宗の密書　藤井邦夫
家光の陰謀　藤井邦夫
百万石遺聞　藤井邦夫
忠臣蔵秘説　藤井邦夫
御刀番 左京之介 妖刀始末　藤井邦夫
来国俊　藤井邦夫
数珠丸恒次　藤井邦夫
虎徹入道　藤井邦夫

五郎正宗　藤井邦夫
備前長船　藤井邦夫
九字兼定　藤井邦夫
関の孫六　藤井邦夫
井上真改　藤井邦夫
小夜左文字　藤井邦夫
無銘刀　藤井邦夫
正雪の埋蔵金　藤井邦夫
出入物吟味人　藤井邦夫
阿修羅の微笑　藤井邦夫
将軍家の血筋　藤井邦夫
陽炎の符牒　藤井邦夫
白い霧　藤原緋沙子
桜雨　藤原緋沙子
密命　藤原緋沙子
すみだ川　藤原緋沙子
つばめ飛ぶ　藤原緋沙子

光文社時代小説文庫　好評既刊

雁の宿　藤原緋沙子
花の闇　藤原緋沙子
螢籠　藤原緋沙子
宵しぐれ　藤原緋沙子
おぼろ舟　藤原緋沙子
冬桜　藤原緋沙子
春雷　藤原緋沙子
夏の霧　藤原緋沙子
紅椿　藤原緋沙子
風蘭　藤原緋沙子
雪見船　藤原緋沙子
鹿鳴の声　藤原緋沙子
さくら道　藤原緋沙子
日の名残り　藤原緋沙子
鳴き砂　藤原緋沙子
花野　藤原緋沙子
寒梅　藤原緋沙子

秋の蟬　藤原緋沙子
柳生一族　松本清張
逃亡（上・下）新装版　松本清張
雨宿り　宮本紀子
始末屋　宮本紀子
ある侍の生涯　村上元三
加賀騒動　新装版　村上元三
陣幕つむじ風　村上元三
きりきり舞い　諸田玲子
相も変わらず　きりきり舞い　諸田玲子
だいこん　山本一力
つばき　山本一力
影流開祖　愛洲移香　日影の剣　好村兼一
嵐を呼ぶ女　和久田正明